書下ろし

湖底の月

新・神楽坂咲花堂②

井川香四郎

祥伝社文庫

目次

浅草寺
普門院『成仏長屋』
小梅瓦町
不忍池
猿屋町会所
神田佐久間町
向柳原
柳森稲荷
吾妻橋
亀戸天満宮
横川
神田川
美倉橋
両国橋
神田油問屋『淡路屋』
大川
竪川
小伝馬町
通油町
江戸城
新大橋
小名木川
永代橋
京橋
呉服問屋『藤屋』
履物問屋『伊勢屋』
北
西
東
南

「湖底の月」の舞台

神楽坂周辺図
赤城神社
行願寺
咲花堂
善国寺
穴八幡稲荷
神楽坂
軽子坂
小料理屋『渡月』
江戸川
牛込御門

第一話　魔鏡の女

一

自分の顔を見るのが嫌だった。

だから、髪を結《ゆ》うのも化粧をするのも、ほとんど人任せであった。部屋にも鏡は置いておらず、何かの拍子《ひょうし》に川や水たまりに映るのを見るのも嫌だった。お繭《まゆ》は物心ついたときから、できる限り、顔を見ないようにしてきたのである。

十人並みだよと誰もが言ってくれる。だが、その言葉が一番傷つくのだ。

「可愛《かわい》いね」

と言われたことが、一度もない。周りの大人たちから、元気だなとか、優しいねとか、頭がいいねなどとは言われるが、決して美醜に触れる言葉は聞いたことがなかった。

年頃になって、それなりにお洒落《しやれ》をして綺麗《きれい》な振袖《ふりそで》を着て歩いていても、すれ違う男たちの目つきで分かる。

「似合ってねえな。着物が可哀想《かわいそう》だ」

などと言われている気がして仕方がないのだ。お繭が悪いように考えすぎだ

と、親戚も言っていたが、同じ二親《ふたおや》から生まれたはずの姉は、目鼻立ちが美しく、涼《すず》やかな顔つきで、

「綺麗ねえ、お絹《きぬ》ちゃんは……」

と誰もが溜息《ためいき》をつくほどだ。名前も、絹という美しい名前で、繭はまだ生糸《きいと》に包まれたままで見た目は醜《みにく》い。誰も、お繭のことを、不細工だとかオカメだと言いはしないが、姉と比べれば、鼻は団子《だんご》みたいだし、唇は厚くどす黒くて、瞼《まぶた》はいつも泣いているみたいに腫《は》れている。

しぜんと姉とも顔を合わせたくなくなるし、一緒に出かけることも少なくなった。

「お繭もそろそろ、お嫁に行く年頃だね」

と周りの者に言われると、気分が滅入《めい》ってしまうのだ。

どうせ、自分は一生、誰かが貰《もら》ってくれるはずはない。姉のお絹は引く手数多《あまた》で、二十三歳という年増の部類に入っても、沢山《たくさん》の大店《おおだな》の若旦那や武家の跡取りなどが、嫁に来てくれと毎日のように嘆願《たんがん》に来る。それに比べて、お繭は二親に厄介払《やっかいばら》いのように、「早く嫁に行け。嫁に行け」とばかり言われるのだった。

お絹は選《え》り好《ごの》みをしているわけではないが、十五、六歳の頃から、無数の声が

かかっているのに、ひとりたりとも惹《ひ》かれる男がいないという。だが、周りの者たちは放っておきたくないから、執拗《しつよう》に迫ってくる。それでも、お絹が嫁にいかないのは、心の底から、好きな人がいたからである。

その男とは、佐之吉《さのきち》という鏡師で、姉妹ふたりが住む商家の裏店に住む、三十路《みそじ》近い男だった。口数は多くないが、真面目《まじめ》で、優しくて、歌舞伎役者のような色白の男前である。

だが、神田《かんだ》でも指折りの油問屋『淡路屋《あわじや》』の娘を、二親としては、職人の嫁にするわけにはいかないのであろう。もっとも、お絹がもう十年も前から、佐之吉に恋心を抱いていたことは、誰も知らないことだった。

もちろん、本人に気持ちを打ち明けたことなどなく、たまに佐之吉が仕事をしている姿を遠目に眺《なが》めているくらいであった。

その事件は、ある日、突然、起こった。

見合いの相手として、父親の徳兵衛《とくべえ》が、問屋仲間の『甲州屋《こうしゅうや》』の倅《せがれ》を連れて、ある料亭で会席を設けたときのことだ。

なかなか色よい返事をしないお絹に、徳兵衛はいつになく声を強くして、

「我《わ》が儘《まま》もいい加減にしなさい。こんなにいい人は他にいないぞ、お絹……それ

になおまえももう二十三だ。子供のひとりやふたり、いてもおかしくない年だ。いつまでも若いつもりでおるのかもしれんが、女の盛りは短いものだ。ほら、川を見てみなさい」

と料亭の窓の外に流れる堀川に目を移させた。紅葉《もみじ》がハラハラと散って、川面は絨毯《じゆうたん》が敷き詰められたように美しい。だが、徳兵衛はさらにきつい言葉で、

「紅葉なら綺麗になったと人は喜び、褒《ほ》めそやすが、女が盛りを過ぎて落ち葉になれば、誰も振り向かなくなるぞ。卒塔婆小町《そとばこまち》のように婆《ばあ》さんになって怨《うら》み言を吐くようになってよいのか、ええ!?」

「…………」

「それとも、誰ぞ、好いてる男でもいるのかね」

半《なか》ば怒りながら、徳兵衛が問い詰めると、丁度、その料亭に佐之吉が鏡を届けにきていた。鏡といっても、姿見ではなく、屋根の鬼瓦の代わりに取り付ける、魔除けの鏡である。

文化文政《ぶんかぶんせい》から天保《てんぽう》年間に移る当時は、粗悪な鏡が沢山作られていた。だが、これら姿見のための鏡は、本来の鏡の持つ役割とは違うのだ。刀剣や刀子とともに、邪気や悪霊を祓う、いわば〝除魔《じよま》〟の役割を果たすものであった。

海が荒れれば、鏡を海に投げ込んで、波を静めたり、池や沼に沈めて、霊魂を鎮《しず》めることもあった。言葉が示すとおり、あらゆる乱れたものを〝しずめる〟のである。また、鏡には人の姿だけではなく、心が乗り移るとされている。つまり、心を神聖なものにするため、辟邪《へきじゃ》の役割があったのである。

神道でも仏教でも、御霊代《みたましろ》や御正体《みしょうたい》とされていた鏡は、最も大切にされている祭具であり、呪術道具でもあった。邪気を祓うことで、人々の平安と幸せが願われたのだ。

それゆえ、鏡師とは古来、神聖な仕事だった。

元々は石や銅を磨《みが》いて輝くようにするのだが、様々な方法で鋳造《ちゅうぞう》した後、鏡面を研磨し、錫《すず》などでメッキすることで、姿を映し、光を反射するものとなる。この色々な紋様を施《ほどこ》す彫造から、鏡磨を一貫して行う者が、鏡師と呼ばれた。

だが、それまでは庶民がなかなか手に入れることができなかった鏡を、江戸時代には、誰でも持てるようになった。今は、魔除けではなく、姿見として使うために、大量に作られるようになったのだ。雌型《めすがた》を作って、溶《と》けた銅を流し込む古来の鋳造の方法ではなく、〝踏み返し〟という簡単な作り方となった。それから、鏡磨のために、出稼ぎが大勢、江戸までくるようになるのだ。昔からの鋳造は、唯一無二のものだが、近頃のは幾らでも同じものを作ることができるから、粗悪な鏡も多く出廻っていたのである。

しかし、佐之吉は鏡磨の類《たぐい》ではなかった。織田信長《おだのぶなが》の時代に〝天下一〟と称された、いわば当代一流の職能者にのみ与えられた許可状を持つ能面師や塗師、釜師など様々な優れた職人集団がいたが、鏡師も、そのひとつだったのだ。そうした一家を祖としている。

——天下一川島肥前守《かわしまひぜんのかみ》佐之吉。

というのが、鏡師としての正式な名称であり、作った鏡には、その銘《めい》が刻印されていた。先祖は、京の鏡司青《かがみつかさあお》という〝禁裏御用鏡司〟でもある、鏡師の宗家の流れを汲《く》む、由緒正しい鏡師だった。

そのことは、徳兵衛も承知はしていたが、今は町場の鏡師に過ぎない。しかも、お絹が佐之吉に対して、そのような想いを抱いているとは、知らぬことであった。

とまれ——鏡師の佐之吉の姿を見た途端、これも運命に違いないと感じて、

「実は……佐之吉さんとは、前々から、行く末《すえ》を誓《ちか》っていたのです」

とお絹は思わず、嘘《うそ》をついたのである。そのようなことを言われたとは、佐之

吉当人は知らないが、徳兵衛にとっても、青天の霹靂《へきれき》であった。信じられないと徳兵衛は言ったが、お絹は頭を深々と下げて、

「ですから……どうか、もう私のことは、お忘れ下さいまし……私は心の中ではもう、佐之吉さんの妻なのです」

と涙ながらに語ったのだった。

相手の『甲州屋』の主人や跡取りは、大層ガッカリとして諦《あきら》めざるを得なかったが、徳兵衛は恥をかかされたと怒り心頭に発し、職人なんぞと一緒になることは、絶対に許さぬと断言して、すぐにでも佐之吉を裏店から追い出す算段まで始めた。

お絹は長年、心に秘めていた想いを自分では打ち明けることができないまま、徳兵衛が勝手に佐之吉に話した。そのため、佐之吉の方も戸惑《とまど》ったのは当然だが、お絹もまた身の置き場がなくなった。

実は、お絹が二十歳《はたち》になったとき、嫁入り道具として、佐之吉は鏡を作っている。実用性の乏《とぼ》しい、いわゆる円鏡である。その鏡背紋様は、吉祥《きっしょう》紋様である蓬萊図《ほうらいず》である。

改めて、徳兵衛が一度設けたとき、お絹は思い切って、

「──私は、この鏡を……佐之吉さんの所へ持ち帰るのが夢でした」

と言ったが、なんとなくバツが悪くなったのか、三日の後には、鋳造や研磨の道具を持って、佐之吉は長屋から姿を消していた。

突然のことに驚いたのは、お絹だけではなく、お繭も同じであった。

実は、お繭もまた、佐之吉に密《ひそ》かに惚《ほ》れていたのである。お繭は十歳くらい年下で、幼い頃から、佐之吉には可愛がられていたので、恋心というより、頼りがいのあるお兄さんという感じだった。

だが、お絹が密かに好きだったということには、お繭は驚きよりも、許せないと嫉妬《しっと》に感じていた。というのも、お絹は美形であるし、気立てもよいので、いずれは、うちよりも大店に嫁ぐと思っていた。商売も上向きになるからである。

徳兵衛はよく、急かすばかりか女房のおさんとともに、お繭にはこう言っていた。

「おまえは、もしかしたら貰《もら》い手がいないかもしれないから、手代の誰かを婿《むこ》入りさせて、店を継がせる」

しかし、どうせ嫁になるなら、佐之吉と一緒になりたいと、お繭は願っていた。それなのに、お絹までが好きだったとは、到底、信じられないことだった。

「お姉ちゃん……嘘だよね……相手が嫌だったから、でまかせで言ったんでしょ？」

お繭がそう言うと、お絹は佐之吉の居場所が分かったら、すぐにでも追いかけたいとまで言う始末だった。

「どうしてよ、お姉ちゃん……いい人が大勢、お姉ちゃんには言い寄ってくるのに……どうして、よりによって佐之吉さんなの？」

「──どうしてって……」

「佐之吉さんだけは、絶対にダメ。お父っつぁんは許さないと言ったし、おっ母さんだって、いけないと思ってる……お姉ちゃんが変なことを言うから、佐之吉さん、出ていってしまったじゃないの」

不満をぶつけるお繭を、キョトンと見たお絹は、

「もしかして……あんた、佐之吉さんのこと、好きだったの？」

「そ、そんなことは……」

少し赤らんだお繭に、お絹は雑巾《ぞうきん》でも投げつけるような勢いで言った。

「バカだねえ。おまえみたいなオカメ、佐之吉さんが好きになるわけがないじゃないか」

「…………」

「諦めなさい。おまえは、この店で、それこそ適当な人を婿に貰って、店を継ぐの。それが一番の幸せだと思う。私は……私は、何が何でも、佐之吉さんについていく」

「ええ……？」

「私がいきなりあんなことを言ったから、佐之吉さんは店子《たなこ》として居づらくなっただけ。きっとそう。私……これからは、自分の気持ちに正直に生きるッ。だから、お繭、おまえも手助けして。ねえ、お願い」

必死にしがみつくように頼むお絹を見ていて、お繭は不思議な気持ちになった。

――私にないものを、お姉ちゃんは一杯持っているのに……どうして、佐之吉さんまで取っちゃうの⁉

悲しみと怒りと嫉妬が入り混じって、お繭の心の中は、沸々《ふつふつ》と煮えたぎってきた。生まれて初めて抱く嫌な感情だった。

二

神楽坂《かぐらざか》は穴八幡稲荷《あなはちまんいなり》と善国寺《ぜんこくじ》の間に、ひっそりとある『咲花堂《さくはなどう》』に、佐之吉が訪ねて来たのは、すっかりと秋が深まった夕暮れのことだった。

なだらかで広い階段となっている神楽坂の道を挟んで立っている武家屋敷や町家は、川に見立てて、右岸左岸と呼ばれている。『咲花堂』は右岸となるが、出《で》商《あきな》いの商人の数も少なくなり、城勤めから帰ってくる裃《かみしも》姿の侍もチラホラ見かける。一歩路地に入れば、まるで迷路のようだが、誰もが道を間違うことがなく、家路を急いでいた。

ふいに現れた佐之吉を見て、『咲花堂』主人の上条綸太郎《かみじょうりんたろう》は、なぜか思わず身構えた。佐之吉はなかなかの男前で、職人風の身なりからは想像できないほど物腰は穏やかであったが、どことなく悲愴な表情で暗かったからである。

店内には、刀剣や掛《か》け軸《じく》、茶道具、書画などが、程良く飾られており、落ち着いた雰囲気が漂《ただよ》っていた。が、佐之吉はそれを楽しむ余裕もない様子で、

「上条綸太郎さんと見込んで、これをお買い求めいただけませぬか」

と挨拶《あいさつ》もそこそこに、ひとつの手鏡を出した。銅の流し込みの鋳造であり、見事な光沢のある鏡で、背面には鳳凰《ほうおう》が細かい紋様として刻み込まれていた。鳳凰は、龍や麒麟《きりん》、亀と同じで〝四霊〟とされる瑞鳥《ずいちょう》である。鳳凰とは雌雄をさして、雄《おす》は鳳、雌は凰と呼ぶことで、五彩の美しい六尺もある鳥とされている。それゆえ、高貴なものとされ、古来、貴族に愛《め》でられてきた。

この絵柄は、一対の鏡として、ふたつ作られることが多いが、ひとつの鏡に〝つがい〟で描かれていた。

「――これはまた、珍しいものでございますな……しっかりと作り込まれていて、古《いにしえ》よりの作法で、粘土を使って型を作り、溶銅を流し込んで鋳出したものを、相当、磨《みが》き込んでますな……しかも、一対の鳳凰の紋様が華《はな》やかながら、深みがあって見事です。なかなかの逸品ですね」

「ありがとうございます。幾《いく》らくらいで引き取ってくれますでしょうか」

「はて……値を付けるのは難しい」

「幾らでも結構です。上条家といえば、京でも一番の刀剣目利き。ましてや、その御曹司《おんぞうし》である綸太郎様なら、間違いございますまい。いかような値でも納得致します」

「——急ぎますかな」

綸太郎はあえて言った。これほどの逸品ならば、値をつり上げていくのが普通だが、幾らでもいいから早く始末したいというのは、盗品とか訳ありの物である場合が多い。しかし、佐之吉はいかにも堂々としていて、

「正直に申しまして、少々、困っている事情がありますので。できれば、すぐに……」

と返事をしてきた。

紋様にある『天下一川島肥前守佐之吉』という刻銘が、本物かどうか調べる時が欲しいと、綸太郎は言った。名前は聞いたことがあるが、天下一を名乗るのは、江戸時代になって一時期、幕府から禁止されたこともある。それゆえ贋作《がんさく》もあり得るからだ。

作者の守名乗りは、天下一が禁止された折、公許の受領国名を使用することになってからだが、箔《はく》を付ける意味もあった。

「本物です。作った本人が言っているのですから、間違いはありません」

「作った本人……」

「私が、肥前守佐之吉でございます」

と言って、懐《ふところ》から、京の鏡司青より出されている鑑札を見せた。

「神田の油問屋『淡路屋』の裏店で起居し、仕事をしていたのですが、訳あって、今は別の所におります」

「何処《どこ》に……」

「それはご勘弁下さい。ですが、お上に追われるような真似《まね》は絶対にしておりません。ただ、暮らしに困りまして、まとまった金になるのは、今はこれくらいしかなく……」

「そうでしたか。ならば……二十両で引き取らせていただきましょう」

「そ、そんなに……！」

「この刻印が本物ならば、この倍を出したいくらいですが、急ぎのことだというので、これで如何《いかが》でしょう。ただし、あなたが本当にその鑑札どおり肥前守佐之吉ならば、また別のを作ってきて下さい。それまで、これは誰にも売らずに置いておきましょう」

「…………」

「売るのは勿体《もったい》ないですからな。あなただって、そうでしょ？」

まるで質屋のような綸太郎の言い草に、佐之吉の方が驚いた。感謝の目で、涙

すら浮かべて見つめながら、

「本当に、ありがとうございます……さすがは、名のある『咲花堂』さんです……痛み入ります。では、ありがたく……」

綸太郎から受け取った金を大切そうに懐に仕舞うと、佐之吉は深々と礼をして、店から出ていった。

途端、奥から、美津《みつ》が顔を出した。見るからに意志の強そうな大年増で、なぜかいつも鼻息が荒いから、せっかくの美貌も台無しである。本阿弥《ほんあみ》家に嫁いだもののの、家風に性分が合わなかったのか出戻ってきて、幼い頃から可愛がっている弟……つまり綸太郎の世話をするために、江戸まで追いかけて来ていたのである。

「まったく。二十両を捨てたようなもんやありまへんか。あの様子では、どうせ二度と現れまへんやろ」

皮肉たっぷりに言う美津に、綸太郎は首を振って、

「いや。これは本物ですよ。もし、あの人が新しいのを作って持参すれば、もっと高値で引き取っても損はしないと思います」

と言った。美津は鏡を手にして、

「たしかに、ずっしりと銅の重さを感じますし、絵柄も悪くない。けれど、そんなに値打ちがあるものとも思えまへんけどねえ」

「研磨の術によって、これだけ綺麗に映す実用の物でありながら、図案の紋様はまさに美を追求したものです……これは鳳凰ですが、菊水や花筏《はないかだ》のような故事に由来するものから、唐草《からくさ》や亀甲《きっこう》など絵師ならではの優れた才覚で描かれたものもあります」

「まあ、そうやけど……そういや、嫁に行くときに、お父様から貰《もら》った手鏡、嫁ぎ先に置いてきたまんまや。ああ、勿体ないことした。あれなら、それこそ〝天下一〟中の〝天下一〟やから、百両は下りまへんやろになあ」

鏡背に描かれる画題や図案というものは、無数にある。月や星、太陽や雲のような天体を描くもの。噴火や大波、大雨の如《ごと》く自然を表したものから、神仏、仙人、伝説物語、歌仙から、縁起物、芸能や陰陽道《おんみようどう》に纏《まつ》わるものなど、ひとつとて同じ物がないほど、創意工夫がされているからこそ貴重なのだ。

「それにしても……」

美津は、まだ佐之吉が、その辺りにいるかもしれないと、飛び出して行こうとした。

「何をするつもりですのや、姉貴……」

「決まってますでしょ。本当に天下一かどうか、この目で確かめるのや。本物なら、どんどん仕入れて、大奥や大名家の奥向きに売れれば、大儲《おおもう》けになりますからな」

当然のように言って、下駄《げた》を鳴らしながら飛び出していった。

「まったく……あれでは、峰吉《みねきち》とたいして変わらないじゃないか……」

と綸太郎は呆《あき》れて溜息《ためいき》をついた。

入れ替わりに、文左《ぶんざ》が入ってきた。神楽坂は赤城《あかぎ》神社近くの長屋に住み着いている、遊び人である。だが、今はあれこれと商売に手を出しては、失敗し続けている。

——いずれ、かの紀国屋文左衛門《きのくにやぶんざえもん》のようになる。

と大きなことを口に出しているものの、何ひとつ成功した例《ためし》がない。一度は、『咲花堂』に住み込みで、骨董《こっとう》商の修業をさせたのだが、どうもひとつの所にいるのが苦手なようで、結局、好き勝手なことをしている。それに、美津とは馬が合わず喧嘩《けんか》ばかりをしながらも、気儘《きまま》に長屋暮らしを楽しんでいるのだ。

「なんだ、文左か……」

ガッカリしたように綸太郎が言って座り直すと、

「ご挨拶でんなあ、若旦那」

文左は小柄ながら、腕っ節の強そうな屈強な体を屈《かが》めるようにして、床几《しょうぎ》に座った。傍《かたわ》らに沸《わ》いている釜の湯から、作法は無視して茶を煎《せん》じて、アチチと言いながら飲み、ふうっと溜息をついた。

「なんだ。用事があるから来たのではないのかい」

「え……へへ、まあね……えへへ」

「何をひとりで笑《わろ》うてるのです。気色悪い」

「これが笑わずにいられますかってんだ。若旦那。実はね、えへへ……」

「なんだい」

「もしかしたら、おいら……嫁を貰うかもしれねえ」

「嫁を……それは、めでたいことではないか。どこの誰だい」

「それがね……驚かないで下さいよ」

「驚かないよ」

「実は、とんでもねえ、大店の娘と、その……いい仲になりやしてね……嫁を貰うというより、婿入りかな」

「大店となア。それはよかった、よかった」

適当に答えた綸太郎に、文左は、もっと気持ちを込めて喜んでくれと求めてから、

「実は若旦那に、後見人として挨拶をして貰いたいんでやす」

「挨拶。誰にだね」

「そりゃ、先方のご主人に決まってますがな。向こうも色々と事情があるようなんですがね、俺としても、『咲花堂』のような立派な若旦那が後ろ盾《だて》になってくれれば、めでてえ話もトントンと行くような気がしてよ」

「なんだ、まだ決まってない話か」

「だから若旦那の威光を借りて、ズズイってね。どうか、このとおりでござんす」

と深々と頭を下げた。

綸太郎としては、またぞろ妙な事に巻き込まれるのは嫌なので、曖昧《あいまい》に返事をしていた。だが、三日もしないうちに、文左を婿入りさせたいという報《しら》せが、先方から直《じか》に『咲花堂』に届いたのである。

三

その相手というのは、神田の油問屋『淡路屋』であった。

店の名を言えば誰でも知っているほどの大店で、金看板を揚げるほど繁盛していた。

店に招かれた綸太郎に、先に来ていた文左がチョコンと頭を下げた。見慣れない羽織《はおり》姿で、無精《ぶしょう》髭《ひげ》もなく、髷《まげ》も綺麗に整えているので、一瞬、誰かと思った。

奥座敷に入ると、高膳《たかぜん》が用意されていて、床《とこ》の間《ま》には、まるで結納の儀式のように、干し鮑《あわび》だのスルメだのが飾られていた。

待っていた主人の徳兵衛は、綸太郎にお初におめにかかりますと丁重に挨拶をし、隣に座っている娘を、

「これは、うちの次女のお繭と申します。何卒《なにとぞ》、お見知りおきのほどを……」

と紹介した。

綸太郎もそつがないように挨拶をし、文左との関わりを伝えてから、

「それにしても、『淡路屋』さん……おたくの娘さんとこんなしょうもない文左

とを、どうして一緒にと思われたのですか」

と訊《き》くと、文左は腰を浮かせて、

「若旦那。そんなこと言うことないでしょ。ほら、いつものように褒めて下せえよ。俠気《おとこぎ》があるとか、曲がったことが嫌いだとか、弱い者を見たら助けずにおれねえとかさ」

「逆だろう」

「ちょいと、若旦那……」

文左が困っていると、徳兵衛が助け船を出すように、

「仲がおよろしいのですな。『咲花堂』さんのような由緒正しいお家柄のお人と、屈託のない話ができるなんざ、羨《うらや》ましい限りでございます。綸太郎さんと親しい文左さんのお人柄もよく分かろうというものです。ええ、実はですね……」

と膝《ひざ》を乗り出すように続けた。

「文左さんは、お繭が困っているところを助けてくれたのです。ならず者に絡まれて、連れ去られそうになったのを、文左さんが助けに入ってきて、千切《ちぎ》っては投げ千切っては投げ……で、お繭を救い、家まで送り届けてくれたのです」

「そうでしたか……」

綸太郎は納得したように頷《うなず》いたが、

「でも、そのやっつけた相手は、こいつの賭場《とば》仲間や飲み仲間じゃないですよね」

「え……」

徳兵衛が驚くと、綸太郎はすぐに畳《たた》みかけるように、

「可愛らしい娘をモノにするために、よく仲間とつるんで〝狂言〟を仕掛けるんですよ」

「おいおい、若旦那……人を貶《おとし》めるようなことばかり言ってどうするんです。第一、俺はそんなことなんか一度だってしたことねえし」

「なかったかな？」

「ね……ねえよ……なんだよ……あ、もしかして、若旦那、俺がこんな綺麗な人を嫁に貰うからって、妬《や》いてるんじゃねえんですかい？　まだ独《ひと》り者だからってね、人の許嫁《いいなずけ》を横取りしようなんて、みっともねえですぜ」

文左が必死に訴えていると、お繭の目が少しだけ燦《きら》めいて、

「独り者……なんですか、綸太郎さんは」

「ああ。こんな奴を亭主にしたいって女なんざ、いねえだろうよ。あの怖い姉ち

やんにベッタリの甘えん坊だからよ」

悔《くや》し紛《まぎ》れに悪口を言ってから、文左はアッと口を押さえて、

「いえ、なんでもありやせん……」

と気まずそうに言った。だが、お繭はじっと綸太郎のことを見つめている。たしかに、文左に比べれば、月とスッポンくらいに、綸太郎はいい男だ。品性もあれば、奥ゆかしさも漂っている。

――もしかしたら、惚《ほ》れたのではないか。

文左は勘繰《かんぐ》って、必死に言った。

「でも、若旦那は許嫁がいるんですよね。京に残してきたんでやしょ?」

「いいや。誰もいないよ」

「けどよ、いつも姉さんが、公家《くげ》の娘や将軍家に縁のある人などとの縁談を、あれこれ持ってきているじゃありやせんか」

「姉貴が勝手にやってるだけだ」

「ですから……」

チラリとお繭の顔を見てから、文左は居直ったようにポンと膝を叩いて、

「こうなりゃ、正直に言いやすよ。天地神明《てんちしんめい》に誓って、〝狂言〟なんてこたアあ

りやせんよ。ですがね、この娘さんが『淡路屋』の娘《こ》だと知ってたから、助けたってのはありやす。もしかしたら、なにがしかのお礼は頂けるんじゃねえかとね」

「さもしいなあ、相変わらず」

「けど、思いがけず、こうして婿に来てくれと、『淡路屋』さんの方から話があった。お繭さんは綺麗だし、俺の好みだし、気立ては良さそうだし、家は大店だし、こんな良いことずくめでいいのか、夢でも見てるんじゃねえかって、俺は何度も……」

頬《ほお》をつねってみたという。文左は実際に今も指で頬を捻《ひね》って、痛いと飛び上がる始末だった。

「ねッ。本当でやしょ」

能天気に笑う文左とお繭の顔を見て、綸太郎は改めて徳兵衛に向き直った。

「ご主人。こんな奴を婿に迎えたいなんて、何か深い訳があるのですね」

文左が思わず何か言いかけたが、真顔の綸太郎は制して、

「こんな綺麗な娘さんを、やくざ者の嫁にするなんて残酷なことはおよしなさい。曰《いわ》くがあるならば、私が聞きましょう」

「綺麗だなんて……」

お繭は俯《うつむ》いて、陰鬱《いんうつ》な顔になった。その様子を見やってから、徳兵衛は答えた。

「姉がおりましてね。お絹といって、お繭と比べるのは可哀想ですが、それこそ婿に入りたいとか、嫁に貰いたいとか、引く手数多でした。ですが……妙な奴と駆け落ち同然にいなくなりましてね。未《いま》だに何処で何をしているか、分からないです」

「駆け落ち……」

「いなくなったのは、まだ一月程前ですが、まったく『淡路屋』の看板に泥を塗られたようなもので、未だに腹が立って、腹が立って、収まりがつきません」

娘の身の上より、店の評判が大切なのか。たしかに、徳兵衛は大商人なのであろうが、少しばかり、人の心に欠けるのではないかと、綸太郎は思った。もっとも大切な娘を、奪われたのだから、気持ちは分からぬでもない。

「そうですか……父親としては、ご心配ですね……で、相手は誰なんです」

「うちの裏店に住んでいた佐之吉という鏡師なんですがね……」

「えっ――」

わずかに驚いた顔になった綸太郎を見て、徳兵衛も目を丸くした。

「何か……ご存じで……」

「あ、いや……佐之吉といえば、『天下一川島肥前守佐之吉』かと思いましてね……稀代《きたい》の名匠と聞いたことがあります」

咄嗟《とっさ》に嘘をついた。鏡を預けに来たときの佐之吉の様子といい、それがお絹という娘と駆け落ちという大変なことをしているのならば、もう少し伏せておいた方がよいと、綸太郎は判断したのだ。

お繭は、佐之吉の話が出て、ほんのわずかだが、顔を曇《くも》らせた。

「…………？」

綸太郎はその表情を見逃さなかった。

――何かある。

と直感したのは、勘としか言いようがなかったが、物心がつく前から、物の真《しん》贋《がん》が分かるように、本物を見せられていた綸太郎には、人間のちょっとした嘘も見抜くことができるのだ。

それは、京の『咲花堂』に出入りする人の中には、一流の人もいれば、平気で贋作を売ろうとする怪しい者もいる。物を見ることも大切だが、刀剣や茶器などを持ち込む人物を見極めることもまた、刀剣目利きや骨董を扱う者として必要なことだった。ゆえに、父親からの厳しい修業において、しぜんと身についていたのである。

「名匠……そんな凄《すご》い人なのですか？」

「当代随一とまでは言えないかもしれませんが、確かな腕だとの評判です。まだまだ若いですから、年を取れば、いずれ本当の名匠になると思いますよ」

「そんなふうには見えませんでしたがね。ま、たしかに、偉い鏡師の末裔《まつえい》とは聞いたことがありますが、まさか……」

首を振りながら、それでも許せぬとばかりに、徳兵衛は腹が立ったように、

「だが、お絹にしても、紙切れ一枚の文《ふみ》を置いていっただけ。あんなに可愛がってやったのに、まったく親不孝者です。ですから、もうお絹とは縁を切って、お繭に婿を取らせて、『淡路屋』の行く末を見極めておきたいのです」

「そうなのですか……ご事情やお気持ちはお察ししますが、お繭さんは、それでいいのですか？」

「――はい。文左さんは、とても優しくて、力持ちで、周りの方々への気遣いもあって、その上、お父っつぁんは、なかなかの商才があると見込んでおります」

「商才……ねえ……」

数々の失敗談を話して聞かせようかと綸太郎は思ったが、文左は頼むから言わないでくれと哀願の眼差しを送ってくる。

「ま、とにかく、慌てることはないかと存じます」

綸太郎のまるで、文左とお繭の縁談を喜んでないような言い草に、徳兵衛の方が戸惑っていた。だが、徳兵衛も数々の苦労をしてきた商人ゆえ、綸太郎に何か思惑があると睨《にら》んだのであろう。じっと次の言葉を待っていた。

「私に少々、心当たりがあります。一度、こちらで調べてみます。いずれにせよ、お絹さんが今、何処でどうしているか分かってから……それに、お繭さんも本心では、納得していないことがあるのではありませんか？」

「え……？」

微《かす》かに目が泳いだお繭を見て、綸太郎はやはり何かあると確信を抱いた。

「私たち刀剣目利きは常に心がけていることですが、心を鏡にして見ることなんです。でないと、紛《まが》い物を見分けることができません。自分の心に偽《いつわ》りを抱えたまま生きると、必ず後で悔《く》やみます。骨董を見ることも、同じなんですね……真贋を見極めるのは、自分の心との闘い。まさに明鏡《めいきよう》止水《しすい》……澄《す》んだ心になることが、大事なんです」

静かに語る綸太郎の顔を見ていたお繭だが、まるで責められているかのように感じ、思わず目を逸《そ》らした。その表情を見て、

「な、なんだよ、若旦那……変なこと言わないでくれよ……せっかくの縁談をぶち壊さないでくれよ、頼むよ……」

と文左は、情けない声を漏《も》らすのだった。

四

枯れ葉が舞い落ちる神楽坂は、滑《すべ》りやすくなるから、武家駕籠《かご》を担ぐ陸尺《ろくしゃく》も、荷物を背負った商人たちも落ち葉を踏みしめるように歩いていた。丁度、坂の真ん中くらいにある善国寺の前あたりに来ると、

——キラリ。

と光が目に入って、誰もが思わず境内《けいだい》の方を見やる。

本堂の鬼瓦が鏡で作られているため、それが陽光を反射して通りかかる人が眩《まぶ》しく感じるからだ。

その光はまるで仏様の後光を想起させるのか、人々は必ず本堂に向かって手を合わせる。中には境内に踏み入って、改めて賽銭《さいせん》などを投げて拝《おが》む者もいる。江戸のこの頃になると、鏡は明澄《めいちょう》に人の顔や姿を映していたが、昔はそれほどでもなかった。銅を研磨したものであるから、文字も金偏《かねへん》であり、ほとんどがくすんで見えたという。光と影の境目を映すことから、〝影見《かげみ》〟とも言われた。

鏡は「鑑」とも書くように、自己を戒《いまし》める意味もある。常に自分の心を見つめて、卑《いや》しいことや疚《やま》しいことをしていないかと反省をすることだ。本来は、水面《みなも》に屈んで、姿を映す水鏡の意味だった。ゆえに、自分を見つめることの大切な道具でもあったのだ。

中国から日本に鏡が届いたのは、紀元前二世紀頃だと言われている。中国は前《ぜん》漢《かん》の時代で、日本はまだ弥生《やよい》時代である。その後、金印とともに銅鏡が百枚、邪《や》馬台国《またいこく》の女王・卑弥呼《ひみこ》に贈られたことは、よく知られているが、古代では、呪術的な意味合いが強く、宝物であったのだ。

日本でも、鏡、剣、玉は三種の神器《じんぎ》となり、鏡造部《かがみつくりべ》によって、鏡が作られるようになることは『古事記《こじき》』や『日本書紀《にほんしょき》』に書かれている。が、それらは姿見ではなく、あくまでも祭器であり、呪具だったのである。鏡が丸いのは、太陽や月を模したのであろう。

神事のみならず、仏教とともに新たな鎮壇具《ちんだんぐ》として、仏具や五穀、剣、玉とともに重宝され、仏像の荘厳《そうごん》さを醸し出したり、寺院の天蓋《てんがい》などの飾りにも使われた。その鏡は、地中や水中に潜《ひそ》んでいる邪気や悪霊を跳《は》ね返す力があると見なされていた。

水面が万物を映すのと同じように、鏡は霊魂をも映してしまうと考えられていた。それゆえ、池や沼に鏡を投げ入れて、その中に悪霊を閉じこめようとした。が、逆に、鏡には人の心も乗り移るので、姿見として使うと、魂《たましい》を吸い取られるとも考えられていたのだ。

つまり、鏡の中には、無数の人々の魂が閉じこめられていると思われていたのである。それゆえ、死者とともに鏡を葬《ほうむ》ることも多かったのだ。また、修験道《しゅげんどう》の霊山に多くの鏡が持ち込まれたのは、貴族などが自分の顔や姿を映して分身とし、それを祈禱《きとう》して貰うためである。

かように、鏡の持つ不思議な力に頼って、邪気を祓っていたのだ。鏡師というのは、まさに神職と同様に、邪気や悪霊を禊《みそ》ぎ祓いをすることが、使命としてあった。

そんなことを思いながら、本所《ほんじょ》にある真言宗《しんごんしゅう》の古刹《こさつ》、普門院《ふもんいん》の近くの通称『成仏長屋《じょうぶつながや》』に、綸太郎はやってきた。

近くには、亀戸天満宮《かめいどてんまんぐう》や法性寺《ほうしょうじ》、光明寺《こうみょうじ》など、江戸庶民に慕《した》われた神社仏閣があって、横十間川《よこじっけんがわ》や北《きた》十間川の水路も豊かで、暮らしやすい所であった。

『成仏長屋』というのは、なんとも不気味な名前だが、大家が普門院であるからだ。即身成仏とは、生きたまま悟《さと》りを開くことをいう。ゆえに、『成仏長屋』というのは実に目出度《めでた》い名だったのだ。

その名のとおり、庶民の暮らす九尺二間の狭苦しい長屋ではなく、商家の寮の離れのようなゆとりがあった。庵《いおり》といってよいくらいで、小さな庭もあって、丁度、普門院の境内の樹木や草花が借景となり、心地の良い長屋であった。ゆえに、住んでいる人々も、少しばかり金に余裕がある町人や隠居した武家などがいた。

ここに——鏡師の佐之吉が、お絹と一緒に住んでいる。

綸太郎の姿を見たとき、佐之吉は驚きを隠せずに、

「どうして、ここが、分かったのですか……」

と実に不思議そうな顔をした。

「姉がお節介者でしてね。あなたが『咲花堂』に鏡を売りにきたとき、なんだか怪しいと尾《つ》けたんです」

「尾けた……」

「すみませんね。疑り深い性分の姉には、困っているのです」

「…………」

「ですが、分かってよかった。あの鏡はまさしく、あなたが作ったもの。二十両ではあんまりなので、あと二十両、持参しました」

挨拶もそこそこに、綸太郎は袱紗《ふくさ》に入れた小判二十枚を差し出した。

首を振りながら、佐之吉は押し返した。

「頂くわけには参りません。自分で言うのもなんですが、あれはさほどよい出来ではありません。鏡背の紋様も自分では納得できておりませんので」

職人というよりは、まるで仏師のような矜持《きょうじ》の持ち主であると、綸太郎は改めて感じ入った。さすがは、京の鏡司青の直系だと褒めたかった。

「そう言わずに、受け取って下さい」

綸太郎はさらに押しやって、

「その代わり、あれはうちで買い取ったわけですから、他に買い手がつけば、売るのは許して下さいますか」

「それは……」

「うちには、いい客がおりますので、四十両を払っても、儲《もう》けが出ると思います」

「…………」

「それと、もうひとつお願いがあります」

「──なんでしょう……」

「あなたが『天下一川島肥前守佐之吉』であるなら、鏡司家に伝わる『松喰鶴《まつはみづる》鏡《かがみ》』を持っているはずですね。それを拝見させて貰えないでしょうか」

まるで打ち明け話でもするように、綸太郎が頼むと、驚いたのは佐之吉の方だった。

『松喰鶴鏡』のことは、武道で言えば門外不出の奥伝のようなもので、誰彼が知っていることではない。いくら京の『咲花堂』の御曹司とはいえ、その鏡の存在を知っているとは、あまりにも意外であった。

「どうして……」

「うちも京では古い刀剣目利きですからね、唐鏡の〝唐花含綬双鸞鏡《とうかがんじゆそうらんきよう》〟を模したものは、幾つも見たことがあります……あなたが持っているのは、唐花を松に置き換え、双鸞をつがい鶴にして鋳造したもののはず。それは見事なくらいの輝きを持っていたから、代々、〃月の鏡〃とも呼ばれているとか」

「え。ええ……」

「大丈夫です。見たことは、他の人には決して口外しません。もちろん、姉にも」

「…………」

佐之吉は口を一文字にして考えていたが、何かに突き動かされるように、

「承知いたしました……でも、本当に誰にも言わないで下さいまし。そして、これだけは、いくらお金を積まれましても……」

「野暮《やぼ》なことは言いませんよ」

綸太郎が断言すると、佐之吉は決心したように頷いて、奥へ引っ込み、しばらくして、桐箱に入った鏡を運んできた。

畳の上に厚手の敷物を敷いてから、桐箱を置き、結んでいる紐《ひも》を解いて、丁寧《ていねい》に取り出した。幾重かに紙や布にくるまれているのは、余分な湿気を減らすためだ。

現れた鏡は茶褐色にくすんだ色合いになっているが、見事なくらい荘厳といってよい感じで、分厚く重みがあった。直径は八寸ほどであろうか。通常は三寸か四寸なので、大きな部類である。

月のように丸く、丁度、障子窓《しょうじまど》からの明かりのせいか、満月のような色合いに燦めいていた。

まさに、〝月の鏡〟と呼ぶに相応《ふさわ》しい逸品であった。

太陽と鏡が関わりあるように、月と鏡も縁が深い。伊弉諾尊《いざなぎのみこと》が右手に持った白銅の鏡から、月弓尊《つくゆみのみこと》が生まれているように、清《さや》かに照り輝く月には、〝変若水《おちみず》〟という永劫《えいごう》に不死となる薬があると言われている。

この月の不老不死の妙薬は、月夜に草花につく露となり、〝月の滴《しずく》〟として人々が吸うことで、命を長らえたという。むろん、ただの夜露であるが、月の光に燦めく水滴は、幻想的であり、古代の人々にとっては、命と結びついていたのだ。

鏡背に描かれている雌雄の鶴は、見事に松の間を優雅に飛んでいる。そして、波紋のように広がる円の模様は、まるで月光が燦めいているようにも見えた。

表の鏡は、これがまた見事に透明な水のように感じる。映っている顔が、あまりにも鮮明すぎて、怖いくらいだった。

「ここまで輝きを維持するには、かなり磨き直さねばならないでしょうな」

吐く息がかかってはいけないので、綸太郎は刀剣を見るときのように、懐紙《かいし》を口に挟んで、目よりも高くして眺めた。

「はい……刀剣や鋏《はさみ》も、磨いておかねばならぬように、鏡もときに出して、さび付かないようにし、丁寧に磨きをかけます」

「――いや、実に見事です……」

溜息とともに、綸太郎は魂までもが体の奥から出てきたような気がした。

「この『松喰鶴鏡』が〝月の鏡〟との謂《いわ》れが分かったような気がします……まさに鏡自体が、光を受けて輝いている……しかし、これは、魔鏡でもあるのですな」

魔鏡――とは、光を当てて反射させ、それを黒い壁などに当てると、その光の中に、なにがしかの図柄が現れる鏡のことだ。

その多くは、鏡背の図柄がそのまま映し出される。この鏡の場合だと、鶴と松の紋様が浮かぶはずだが、仏像が現れた。ぼんやりとしているが、大日如来《だいにちにょらい》に見える。

「これは凄いですな……鏡背とは違う紋様を二重に彫っていることになる……凄い匠《たくみ》の技だ……」

　この技法は、中国では前漢時代からあったと言われるが、実は日本には少ない。江戸時代になって、佐之吉のような腕の持ち主が多く作るようになったものの、やはり秘伝の技だったから、奈良《なら》朝や平安《へいあん》朝の鏡では珍しかった。

「このような鏡を手にしていると、本当に自分は守られている気がしますな」

　綸太郎が惚れ惚れと眺めながら言うと、佐之吉はそうではないと断じた。

「――そうではない……？」

「もちろん、邪気を祓うために、鏡の中に如来様がいるとのことですが、悪霊が如来様の姿をして、鏡の中に潜んでおり、安心して覗き込んだ人の魂を吸い取る……との謂れもあります」

「なるほど……だから、魔鏡、だと」

　綸太郎が改めて、食い入るように鏡を覗き込んでいると、出かけていたお絹が、外から帰ってきた。来客は珍しいと思って、訝《いぶか》しげに目を曇らせたが、すぐに神楽坂の『咲花堂』の主人だと、佐之吉の方が声をかけた。そして、

「この鏡のことは、女房にも内緒ですので」

と小声で綸太郎に言うと、慌てて仕舞いはじめた。

「確かにいい鏡でしたが、佐之吉さん……この鏡を持ち続けていると、平穏な暮らしはできないかもしれませんよ」

「えっ……」

「いいえ。そういう言い伝えもありますから」

「冗談はよして下さい」

佐之吉は手際よく魔鏡を仕舞うと、奥へ持ち去った。

部屋に入ってきたお絹は、たしかに父親が話していたとおり、美しい女だった。色々な所から引く手数多というのは分かる。

しかし、どことなく品性に欠ける気がした。いくら余裕のある人が住む長屋とはいっても、庶民とはかけ離れて正絹《しょうけん》の高そうな着物を着ており、綺麗に結った黒髪も良質な油を塗って艶《あで》やかで、髪飾りも見るからに豪華であった。

「——あの……何か……」

あまりにも凝視していた綸太郎の目が、お絹には痛かったのかもしれない。だが、まんざらでもない顔をしている。町ですれ違う男たちから、チラチラ見られることに慣れているのであろう。

しばらくして、佐之吉が戻ってきたところで、改めて、綸太郎は言った。

「実はですね……徳兵衛さんと会って、あなた方の話を聞きましたが、本当にこのままでよろしいのですか？」

あまりにも唐突な問いかけに、お絹は吃驚《びっくり》したが、佐之吉の方は『松喰鶴鏡』を見せた直後だけに、一瞬、嫌悪を含んだ目つきに変わった。

——どういうことだ。

と疑念を抱いたまま、綸太郎を凝視していた。

五

「驚かないで、聞いて下さいよ」

綸太郎はふたりを前にして、お繭に文左が婿入りして、いずれ『淡路屋』を任されることを、ありのままに伝えた。しばらくは、主人として商売を頑張るが、文左が番頭や他の手代に認められるよう精進すれば、店を譲ってもらえるとのことだ。

「——そうでしたか……徳兵衛さんが、そんな決断を……」

佐之吉は納得したように頷いたが、キョトンとして承服できないとばかりに、お絹はふいに声を上げた。

「おかしな話じゃありませんか。私が姉なんですよ」

「ですが、婿入りを拒《こば》んでいたし、お絹さんがこういう形で家を出たから、徳兵衛さんはやきもきしたのではないでしょうかね」

「嫌がらせですよ、こんなの」

「えっ……嫌がらせ？」

「だって、そうじゃないですか。私は別に婿を貰わないとは言ってないし、お父っつぁんには、本当に惚れた人と一緒になりたいと、常々言ってたんですよ」

にもかかわらず、自分の商売上で都合のよい商家との縁談ばかりを持ちたがる。それが嫌だったと、お絹は必死に訴えた。佐之吉のことが好きだったが、父親は許してくれなかったことも話した。

「ですからね、お父っつぁんは私への当てつけで、お繭に婿を貰わせるんでしょ……誰ですか、その文左って人は」

半ば腹が立ったように言うお絹に、綸太郎は正直に答えた。

「つまらん男です。気立てはよい奴ですがね、『淡路屋』なんかを任せたら、すぐに潰してしまうかもしれませんねえ」

「え……？」

「徳兵衛さんが見抜いた商才も怪しいものです。お絹さん、あなたの言うとおり、当てつけかもしれませんねえ……お母さんも、随分と苦しんでたようですから」

澄《す》んだ綸太郎の目を見て、お絹は首がピクリとなった。

「お絹さん……あなたは心から、佐之吉さんと駆け落ち同然に、こうして暮らしていることに喜びを感じているのですか？」

「な、何を唐突に……」

お絹は目を細めて、綸太郎を見つめ直し、

「それは、どういう意味ですの？」

「まず……ふたりとも、あまり幸せそうには見えないってことです」

綺麗に片付いている部屋の中を見廻しながら、綸太郎は続けた。

「あなたは、おさんどんをしたことがないのでしょう。下女の仕事ですから……掃除や洗濯はきついですしね。見た限りでは、ぜんぶ佐之吉さんがやっているのではないですか」

「それが何か、関わりがありますか……」

「図星のようですね。別に構いません。女だけがすることじゃありませんから。そうですよね、佐之吉さん」

綸太郎は問いかけたが、職人としての感性が働き、微妙な言い廻しを察したのであろうか、佐之吉は小さな溜息をついて、お絹の横顔を見た。

「大切な鏡を売ってまで、金を作る訳が分かりましたよ」

「え……？」

不思議そうな顔になるお絹に、綸太郎は夫婦のことだから余計なことかもしれないと断った上で、ハッキリと言った。

「佐之吉さんは、鏡を売ったんです、私に……それは、あなたに贅沢《ぜいたく》をさせるためだったんですね……」

「鏡を……？」

「知らなかったのですか。それもまた能天気ですね。人前では、きっと笑顔も美しく、態度もおっとりとした、いい娘さんなんでしょう。でも、本性は、ただの我が儘娘」

「ちょ、ちょっと……」

明らかに不愉快な表情になったお絹に、綸太郎は少し強い言葉で、

「分かるんです。そういう人だってことが、私には……」

「何様なんですか、まったくッ」

「このままでは、みんなが不幸になります。そんな気がするから、なんとかしたいんですよ、私は……」

「たかが骨董屋でしょ。いえ、偉い刀剣目利きかもしれないけれど、それがなに。他人様《ひとさま》の生き方にケチつけるってんですか」

「あなたがどうなろうと、私は何とも思いませんが、お繭さんが可哀想だ……そして、そこの佐之吉さんも」

どういう意味だとばかりに、お絹は綸太郎を睨み、その勢いのまま佐之吉を見た。一瞬、目が合った佐之吉は思わず俯いた。お絹は頬をぷんと膨《ふく》らませて、

「なに？　あなたは、私との暮らしが嫌なのですか。もう飽きたの？」

責めるように言ったが、佐之吉は何も答えなかった。代わりに、綸太郎が、心の裡《うち》が分かっているかのように、口を挟んだ。

「初めから惚れてはいなかったんではないかな、お絹さん、あなたのことは……」

「な、なんなの……!?」

「でなきゃ、あの鏡を売るはずがない」

「あの鏡……？」

どうやら、お絹の知らない鏡のようだった。

「夫婦の鳳凰の鏡……あれは吉事をもたらすものなので、花嫁道具として持たせるものでしょう。あの鏡は、そもそも売り物ではなく、佐之吉さんが誰かにあげるつもりだったのではありませんか？」

綸太郎の問いかけに、佐之吉はエッと顔を上げた。何もかも見抜かれているようで、むしろ気味悪そうな目になった。

「後で分かったんですよ。徳兵衛さんから、話を聞いた後に……」

「…………」

「今考えれば、佐之吉さんがうちに鏡を持ち込んだことも、文左が人助けをしたってことで、お繭さんとの縁談が進んだことも、鏡がもたらした不思議な縁かも知れません」

「というと……」

「佐之吉さんから買い取ったあの鳳凰の鏡を、後でじっくり見直してみました。

そしたら、あれも魔鏡になっていて、光を跳ね返すと、影が映る……菩薩《ぼさつ》の姿があって、その中に、繭という字が浮かんでました」

「――繭……」

その言葉を聞いて反応したのは、お絹の方だった。

「もちろん、複雑な文字の形は見えませんがね、そういう紋様です」

綸太郎が断言をすると、さすがにお絹も察したのか、一瞬にして鬼女のような顔になって、佐之吉を睨みつけた。

「もしかして……あなたは、お繭のことを好きだったの？」

「…………」

まったく否定をしない佐之吉に、お絹は業《ごう》を煮やしたように、

「そうなのね。だったら、どうして私と一緒に、こうして逃げたりしたのです」

「それは……」

曖昧に言葉を濁《にご》そうとした佐之吉に、綸太郎はハッキリと、この際、本当のことを伝えた方が、お互いのためだと話した。責めるように見つめ続けるお絹を、佐之吉は振り向くと、

「――実は……俺の方が、お繭に惚れてました……だが、年も離れているし、徳

兵衛さんは、それこそ許さないだろうと思いました。なんといっても、実の娘ですから……」

「実の娘……？」

綸太郎がチラリとお絹を見やると、唇を噛《か》んで、さらに佐之吉を睨みつけた。だが、申し訳なさそうに頷いただけで、佐之吉は話を訥々《とつとつ》と続けようとした。するとお絹の方が先に口を開いた。

「どうせ私は『淡路屋』の本当の娘じゃありませんよ。親は何処の誰か分からない。行きずりに母親が、食いっぱぐれないようにと、『淡路屋』の店先に置き去りにしたそうです。私がまだ乳飲み子の頃ですよ」

「——そうだったのですか……」

綸太郎は申し訳なさそうに言ったが、お絹は自分の恥を晒《さら》されて立腹したような顔つきで、佐之吉を見つめながら、

「感謝してますよ。何処の誰か分からない子を、自分の子として育ててくれたんですからねえ……でも、私が六歳になった頃、妹が生まれた。お繭ですよ。その時は、血の繋《つな》がりがあると思っていたから、私もそりゃ可愛がりました。けれど……」

「けれど……？」

「やはり、実の子の方が可愛いのが人情……初めは下の子だから可愛がっていると思ってたけれど、店の者から、自分は捨て子だって話を聞いてしまって……」

「……………」

「でも、それからは逆に、お父っつぁんもおっ母さんも私に優しくしてくれた。顔だちだって私の方が綺麗だから、世間体も良かったんでしょうねえ。蝶《ちょう》よ花よと、それまで以上に大切にしてくれた……私も、それに合わせるように、愛想笑いを振りまいた。まだ年端もいかない頃からね。そうしないと、捨てられるんじゃないかと心配だったんですよ」

お絹は少し眉間《みけん》に皺《しわ》を寄せて、

「大事にしてくれれば、してくれるほど、私は却《かえ》って辛《つら》くなりましたよ……本当の子供なら叱るはずのことでも、叱らなくなった……遠慮があるのは、やはり本当の親子じゃないからだろうって、余計なことまで考えるようになった……」

「けれど、それは違う……」

綸太郎は、お絹の気持ちを暗い方から、明るい方へ引き戻すように、

「ご両親は本当に大事に育てたんだと思いますよ。でないと、いい人を見つけ

て、店の跡継ぎをさせようなんてしないでしょう」

「世間体ですよ。上の娘を追い出すわけにはいかないですから」

「そうですかねえ」

「ええ。だから、私が佐之吉とこうなってしまった途端、お繭に婿を取らせる算段をしてるじゃないですか。恥さらしだとしか、思ってないんでしょうねえ」

キッパリと言ったお絹を見て、佐之吉は寂《さび》しそうな目になった。綸太郎はふたりの顔を見比べながら、

「悲しいですね。人の善意を、そんなふうにしか考えられないとは……もし、徳兵衛さん夫婦が間違いを犯したとしたら、あなたの育て方ですかね」

「なんですって……！」

「刀剣だって、そうなんですよ。刃紋や反《そ》りなどは、作る人も見る人も、好みは違う。美醜は心で決まるんです」

「美醜は心で……どういう意味です」

「作る職人も、見る鑑定人も、使う侍も……みんな心が腐《くさ》っていれば、本物は見抜けないということです」

「私の心が腐っているとでも？」

「ええ、そうです」

一瞬にして、お絹の顔がさらに強張《こわば》ったが、構わず、綸太郎は続けた。

「きちんと鍛造された本物と、いい加減に叩かれた紛い物がすぐに分別つくのは、持った感じとか見た目じゃありません……刀の方から、作った刀鍛冶の魂がしぜんに出てきているからです」

「何を訳の分からないことを……」

「では、分からせてあげましょう。あなたのためではありません。佐之吉さんと……お繭さんのためです」

「……どうしようと言うのです」

少し不安な目になったお絹に、綸太郎は佐之吉にも同意を求めるように頷いて、

「鏡は人を幸せにするためにあるんです。ただの姿見ではないということを、教えて差し上げますよ」

と挑発するような表情になった。

六

まさか、お絹が実の姉ではないとは思ってもみなかった。長年、二親からも一切、語られなかったことに、お繭は眩惑《げんわく》を覚えると同時に、結果として家から追い出すことになって、申し訳ない気持ちで溢《あふ》れかえっていた。

「おまえが悪いわけじゃない。精一杯、お絹には尽くし、可愛がったはずだがね……残念なことだが、仕方がない」

分け隔《へだ》てなく育てたつもりだと、徳兵衛が言うと、おさんも頷いて、

「そうですよ、お繭……私たちは、今でも、お絹のことを本当の子のつもりでいます。けれど、どうしても親の言うことを聞けないのならば、勘当するしかありません」

「勘当……」

親から見捨てられれば、親戚一党からも排除され、いわば村八分のようになる。縁談や奉公の際に、身許の保証が得られないから窮屈《きゅうくつ》な暮らしを強《し》いられる。それが生涯続くこともあるため、勘当とは本当に厳しい沙汰《さた》だったのであ

る。

「それは、あんまりだ……お姉ちゃんが可哀想でしかたありません」

お繭は心から同情して、佐之吉と一緒にしてあげた上で、『淡路屋』を継がせることはできないのかと問い質した。

「でも、それでいいのかえ、おまえは……」

「え、ええ……」

わずかに曇るお繭の表情を汲《く》み取って、おさんは言った。

「本当は、佐之吉のことを好いてたんじゃないのかね」

「それは……」

「分かってたよ。腹を痛めた娘が何を考えてるかくらい分かるよ。でもね、あの人はやめておいた方がいい」

「どうしてです？」

思わず、お繭は身を乗り出したが、すぐに引き下がるように首を竦《すく》め、

「私のことはもういいです……そりゃ、お姉ちゃんの方が綺麗だし、しっかり者だ。きっと佐之吉さんとお似合いです。だから、私はもういいから、お姉ちゃんと夫婦にさせてあげて下さい」

「たとえ、おまえと一緒になったとしても、佐之吉を『淡路屋』に入れるわけにはいかないんだよ。ましてや跡取りなんか、ねえ」

おさんが同意を求めるように言うと、徳兵衛は眉間に皺を寄せたまま、

「これも話していなかったが……もちろん、お絹も知らないことだがね、佐之吉は、その昔……人を殺《あや》めたことがあるんだ」

「ええ⁉︎」

「驚くのも無理はない。だが、わざとではない。人を庇《かば》うために手を出したら、相手が転んで打ち所が悪くて死んでしまった。しかも、浪人とはいえ、お侍だ……通りすがりの若い女をからかって、乱暴を働こうとしたから、佐之吉はとっさに……まだ十五の頃のことだ」

呆然《ぼうぜん》と聞いているお繭に、徳兵衛は続けた。

「相手は、タチの悪い浪人だと評判だったらしいが、たとえわざとではなくても、人を殺めれば死罪だ……三尺高い所に首を晒されることになるんだよ」

「で、では、どうして？」

「助かったのかって……それはな……」

徳兵衛は少し言い淀《よど》んだが、意を決したように、

「不思議な鏡を持っていたからだ」

「えっ……不思議な鏡……？」

「私もそれを見たわけではない。だが、時のお奉行様は、佐之吉が京の由緒ある鏡司青に繋がる者だと知り、証拠を見せよと言った。佐之吉は、代々伝わる鏡と鑑札を渡したところ……なぜか、罪一等を減じられたのだ」

罪一等を減じられたとしても、遠島は免《まぬか》れない。つまりは終身刑である。しかし、佐之吉は一旦、小伝馬町《こでんまちよう》預かりになった後、その鏡と引き替えに、一切の罪を問わないと、町奉行から話を持ちかけられた。

だが、佐之吉はそれだけはできない、遠島になったとしても、その鏡は我が身から離さないと主張したのだ。それほど、鏡師にとっては、重要な物だった。

「ならば、預かるだけでもよいか、その鏡を、上様が一度、見たいと言っているとのことだった。渋々だが、佐之吉は鏡を預けた」

「…………」

「ところが、鏡はその日のうちに、佐之吉のもとに返っていた。どういうわけか分からないが、鏡は空でも飛んだのか、持つべき者の所に返ったというのだ」

不思議そうな目になるお繭に、徳兵衛はまるでお伽噺《とぎばなし》でもするかのように、静かに話して聞かせた。

「もう一度、上様の使いとして、町奉行が来て城へと持ち帰り、今度は何人もの御庭番に見張らせた上で、上様の寝所の隣に置いていたのだが、それでも……佐之吉の所に舞い戻ったというのだ」

御庭番たちは、鏡が煙のように抜け出して、宙に浮いて飛び去るのを見たという。

「それが本当のことかどうかは、私には分からない。お奉行も奇《き》っ怪《かい》なことがあるものだと、話しておられた」

「………」

「だが、二度もそのようなことがあるとは、やはり古来より伝わる魔鏡に違いあるまいと思い、佐之吉にお許しが出たのだ」

「では、どうして、うちの長屋に……？」

「これも不思議な縁でな。この屋敷が、江戸城から見て、丁度、辰巳《たつみ》の方角にあるそうな。そこに、この魔鏡があれば、江戸は安泰であろうとのことで、佐之吉が連れてこられたのだ。おまえはまだ小さかったから、覚えてなかろうが、町奉行が直々に来て、大騒ぎだったのだ」

「………」

「目の前には、自身番と木戸番があるから、佐之吉を見張るのにも丁度よい、とな。大家として有無を言う間もなく……私としては、そんな若造を店子にするのは嫌だったが、つきあってみると悪い人間でないことは、よく分かったよ」

徳兵衛はそこまで話して、ふうっと溜息をつくと、

「かといって、娘と一緒にさせることなんぞはできない。だから、お絹であろうと、お繭であろうと、私は許しませんよ」

「でも、お姉ちゃんは……」

「ああ。それもまた運命《さだめ》だと思って、諦めるしかない……お絹を私が拾い、佐之吉がうちの裏《うら》店に住まわされることになったときからの、な……」

誰かを恨むでもなく、しみじみ言う徳兵衛の目には、やりきれなさからか涙すら浮かんでいた。心の奥では、お絹を不本意な男の嫁にしたくないのだ。

だが、お繭は別のことを考えていた。佐之吉は悪人ではない。なのに、一生、罪を背負って生きねばならぬことの理不尽さを、どうにかしてあげたいと心の中で考えていた。

その夜――。

皓々《こうこう》と満月が照っている中を、本所の普門院に、徳兵衛とお繭は、

「文左のことで話がある」

と綸太郎に呼び出されて、遠路訪ねてきた。真言宗のご本尊である大日如来が祀《まつ》られている厳《おごそ》かな本堂に入ったとき、いかにも高僧らしい法衣を着た住職と並んで、綸太郎が座っており、傍らには、佐之吉とお絹もいた。

「――お姉ちゃん……」

小さく声を漏らしたお繭を、お絹は睨み上げるように見ただけで、何も言わなかった。その隣で、正座をしている佐之吉もキマリが悪そうに、俯いたままだった。

「今宵《こよい》、来て貰ったのは他でもありません……佐之吉さんの持っている鏡……『松喰鶴鏡』と縁のある普門院の住職様にも立ち会って貰うことにしました」

「縁のある……?」

徳兵衛が首を傾《かし》げると、綸太郎は素直に頷いて、

「ええ、『松喰鶴鏡』の中には、大日如来様がおられますのでね」

と言うと、佐之吉はその魔鏡を丁寧に差し出した。

蠟燭《ろうそく》の灯《あか》りに燦めく銅鏡は、眩《まぶ》しいくらいに神々しかった。

息を止めて見入っていたお繭は、

「これが……先程、お父っつぁんが話していた、あの……」

と訊いたが、徳兵衛ですら見たのは初めてであるから、凍りついたように銅鏡を凝視するしかなかった。

綸太郎は深々と一礼をして、『松喰鶴鏡』を押し頂くと、頭の上に掲《かか》げて、さらに一礼をしてから、しめやかな声で言った。

「これより、お絹さんとお繭さん……おふたかたの何《いず》れが、佐之吉さんの妻になるかを決めたいと思います」

「な……何をいきなり……」

お絹は腰を抜かさんばかりに驚いた。ほとんど同時に、お繭も目を丸くして、

「文左さんとの話ではなかったのですか」

と訊いたが、徳兵衛は事前に綸太郎から話を聞いていたのか、穏やかな目で黙したまま様子を見守っていた。

「もちろん、文左とも関わりがありますよ。お繭さん……あなたは好きでもない人と一緒になることはありますまい。なに、文左は悪い人間じゃないが、お繭さ

んのような心の綺麗な人とは釣り合いが取れないでしょうからね」

文左がいないから、綸太郎は好き勝手に言って笑った。だが、その笑みが消えて真顔になると、『松喰鶴鏡』を掲げて、

「どうぞ……この鏡を覗いてごらんなさい」

と、お繭に差し出した。

「――いえ、私は……」

鏡を見るのが嫌いだと消えるような声で言った。だが、綸太郎は少し語気を強くし、

「いいから覗きなさい。あなたは避けてきたのでしょうが、まともに自分の顔を見られないほど、疚しい人間なのですか」

「そんなことは……」

ないつもりだと蚊《か》の鳴くような声で言ったお繭に、綸太郎は鏡を突きつけた。丁度、顔が映るように掲げると、お繭は思わず目を伏せたが、「見なさい」とさらに綸太郎に責められて、恐る恐る覗き見た。

そこには、自分の顔が映っているだけであった。

だが、今まで見ていたような、ぼんやりとした姿ではなく、鏡の中に人が生き

ているかのような、明瞭で澄んだ顔だった。

「どうです、お繭さん……」

「——こ、これは……」

「美しいでしょ。それが、あなたの本当の顔なんです」

目を見開いて見ているお繭の表情が、少しずつ明るい光を帯びてきた。目元もくっきりと張りが出てきて、いつも淀んでいた黒い瞳も燦めいている。

「嘘よ……何の冗談なんです」

鏡の中のお繭は、自分の知っている顔ではない。富士額《ふじびたい》に、ほっそりとした頬、すっと伸びた鼻筋に、ちょこんとした艶やかな唇。何か細工があるに違いないと、お繭は思った。

「これは真実を映す鏡なんですよ。お繭さんに間違いがありません」

「…………」

「私が見ているあなたと、鏡の中のあなたは、まったく同じですからね。そうでしょ、みなさん。違いますか？」

綸太郎が同意を求めると、住職が自ら「どれ」と覗き込んで、「まさしく、映ったままだ」と頷いた。お繭は信じられないと首を振ったが、それでも少しは嬉《うれ》しそうな笑みを漏らした。

「これが……私……ですか……」

「ええ。誰が見ても、あなたですよ……では、お絹さん……あなたもどうぞ」

と『松喰鶴鏡』を差し出した。

お絹は綸太郎から奪い取るように、その立派な銅鏡を手にした。

七

磨き抜かれた銅鏡は、まさに波のない透き通った湖面のようであった。一点の曇りもないというのは、この鏡のようなことを言うのであろうと、お絹も感じた。

蠟燭の光を弾くように燦めいている。

お絹は微笑《ほほえ》みを浮かべながら、おもむろに鏡を覗き込んだ。

途端――キャアと悲鳴を上げた。

危うく銅鏡を落とすところであったが、両手を伸ばして離してから、お絹は恐る恐る、後ろを振り返った。

「……………」

「どうしました？」

「──誰かが、後ろに立ったのかと……」

「誰もいませんよ。立派な紋様の襖《ふすま》があるだけです」

「でも……」

「もう一度、覗いてみて下さい」

綸太郎に勧められるままに、今一度、覗き込むと──そこには、髑髏《どくろ》のような目の抉《えぐ》れた醜い顔があって、首の辺りは焼けたように爛《ただ》れ、島田《しまだ》に結っているはずの黒髪は、灰色になって長く垂《た》れ下がっていた。

まさしく、鬼女のような顔が、そこにあったのだ。

「ひ、ひえッ──！」

思わず銅鏡を手放したお絹は腰から崩《くず》れて、そのまま仰向《あおむ》けに倒れてしまった。

銅鏡は素早く佐之吉が受け取り、お絹の体は綸太郎が支えたから、床に頭を激打しなくてすんだ。だが、お絹は全身をぶるぶると震わせながら、

「な、なんなのです、これは……悪戯《いたずら》にも程がありますよッ」

と必死に言ったものの、目の当たりにした鏡の中の恐ろしい顔が脳裡に焼きついて、ハッキリと言葉にならなかった。

「あなたの顔ですよ」

「ふざけないで下さい……この銅鏡にどんな細工をしたのです」

「細工など何もしていません。ただ、佐之吉さんのご先祖が作り、それを代々、磨いてきたのです」

「代々、磨いてきた……」

「この『松喰鶴鏡』は、人の心を映すのです。顔や姿ではなく、心の内側を読み取って、明瞭に映すのです」

「そんなバカな……」

「鏡の中のあなたは、どんな顔でしたか?」

「…………」

「おぞましくて、口に出来ないものではありませんでしたか。だからこそ、あなたは吃驚して目を背けたのです。どうです。もう一度、見てみますか」

佐之吉が銅鏡を向けると、怖い物見たさで唇を歪《ゆが》めながら、お絹はもう一度、遠巻きに眺めるように覗いてみた。

やはり、おどろおどろしい鬼女の顔と薄汚れた着物が映っている。傍らから、覗き見た住職もハッと背筋を伸ばすほどだった。

「ひゃっ……」

思わず目を逸らして、お絹は綸太郎に抱きついた。さらに震えが大きくなって、しだいに胸が苦しくなってきた。

「悪い夢ではありませんよ。これが、あなたの本当の姿なのです」

「…………」

「この鏡は、大日如来の影を映す魔鏡でありますが、魔鏡とは、顔や姿をそのまま映すのではなく、心の中を投影するものなのです。今のあなたの心の中は、見たとおり鬼女が巣くっているのですよ」

「う、嘘……な、何の茶番です……」

やはり何か悪い悪戯をされているのであろう。怖れながらも、お絹は、その疑いを拭《ぬぐ》いきれないでいた。

「なるほど……噂《うわさ》の『松喰鶴鏡』とは、そういう鏡だったのですな……」

住職は苦悶《くもん》しているように、眉間に皺を寄せたまま、

「あなたは今、集諦《じったい》に苦しんでいるのかもしれませんな。苦悩のもとは、自分勝

手という愚《おろ》かな心にある。つまり、煩悩《ぼんのう》ですな……」

集諦とは、釈迦《しやか》が説く、〝苦諦《くたい》・集諦・滅諦《めったい》・道諦《どうたい》〟という真理のひとつである。集とは〝原因〟という意味である。人の苦悩には、必ず原因があるから、それを探って、深く反省することで、不幸から脱却し、心が救われるのだ。

住職は大日如来に頭を下げてから、

「生まれたばかりの赤ん坊は無垢《むく》だというが、それは少し違う……人には、生まれながらにして、貪《とん》・瞋《しん》・痴《ち》・慢《まん》・疑《ぎ》・見《けん》……という六根本《ろくこんぽん》煩悩がついており、生きて暮らしているうちに、減らしていくものじゃ。よいかな、お絹さんとやら……」

「…………」

「執着《しゆうちやく》やこだわり、道理を知らぬ無知や思い上がり、疑り深く、清らかなことを信じられない……世の中が、そんな人間ばかりであったら、どうかね」

「──嫌です……」

「そういう輩《やから》も少なからずいる。しかし、何かに打ち込み、忘我の境地になるほど一生懸命に仕事をしたり、子供を育てたり、人のために働いたりしているうちに、六根本煩悩は薄れていくものじゃ」

「………」

「拙僧でもまったく消えたわけではない。すべてなくなれば、まさに成仏……お釈迦様のように、心を無にすることができるのじゃろうがな……凡夫には無理な話だ。じゃが、心がけしだいで、生まれたときよりも、心が澄み、綺麗になっていくものなのじゃ」

「わ、私が何か悪いことでも……」

釈然としないお絹に、住職は自分の胸に訊いてみなさいと言って、

「しかし、人は欲望があるから、命を長らえているのも事実。赤ん坊が乳を貪《むさぼ》って飲むようにな……拙僧は、おまえさんのために、理趣経《りしゅきょう》を唱えてしんぜよう」

と諭《さと》すような顔になって、「如是我聞《じょしがぶん》。一時《いっし》。薄伽梵《ふあきやふあん》。成就殊勝《せいしゆしゆしょう》。一切如来《いっせいじようらい》。金剛加持《きんこうかち》。三摩耶智《さんまやち》……」と経文を唱え始めた。

このお経は、男女の情愛や性愛は本来、清らかなものだと説いている。だが、それに振り廻されることなく、もっと壮大な欲望を心に抱けば、人として成長し、大日如来が光を照らすように、世の中をよくできるというものだ。

綸太郎は頷きながら、銅鏡を持つ佐之吉の前に、お絹を座らせた。

「あなたは、実の子の妹が可愛がられるのが怖くて、徳兵衛夫婦からもっと愛されようとした……それは間違いではありませんが、そのために、自分はさして欲しいものではなくても、奪おうとしませんでしたか」

「——えっ……」

「なんでもかんでも、妹が手に入れようとするのを邪魔したことがありませんか？　お繭さんが買ってもらった人形、お菓子、着物……自分も欲しいとせがんだ。まるで、自分の方が妹のようにね」

「…………」

「そして、佐之吉さんまでも奪った」

「それは違います。恋心が芽生えた頃から、ずっと思い続けてました。だから……」

父親の勧める縁談を断ってきたと、お絹は言った。だが、綸太郎はすぐに返した。

「でも、あなたは、お繭さんが密かに佐之吉さんを好いていたと知ったから余計、このような行いをしたのではありませんか。駆け落ちという大変な真似を」

思い当たる節があるのか、お絹は静かに目を閉じて、短く息を整えた。

「同情はしますがね……してはいけないことでした……あなたにとっては小さなことかもしれない。ささやかな悪戯かもしれない。でも、そういう邪《よこしま》なことの積み重ねが、心を醜くしたのですよ……魔鏡の中に映り込んだ顔が、本物のあなたなんです」

責め立てたわけではない。ただ、綸太郎は反省を促《うなが》したのである。

しかし、お繭は首を左右に振りながら、

「違います。お姉ちゃんは、そんな人じゃありません」

とキッパリと庇うように言った。

「他人様にそうであったように、私にも優しくしてくれました。虐《いじ》められたことなど一度もないし、よく助けてもくれました。ただ、私の方が勝手に……ずっと引け目を感じていたんです」

お繭は初めてと思うくらい、ハッキリと自分の考えを言った。

「私の方こそ、ずっとお姉ちゃんを羨ましく思ってて、心の奥底では、自分を哀《あわ》れんでたんです。だから、鏡をまともに見ることもできなかったんです」

「ならば、お繭さん……」

綸太郎はふたりの間に、佐之吉を座らせて、問いかけた。

「どちらが、より佐之吉さんを好きか。これから一生、共にしたいのはどちらか、決めて貰おうじゃありませんか」

「えっ……」

戸惑いを感じたのは、お繭だけではなく、お絹も同じだった。だが、綸太郎は冷ややかと思える態度で、

「ふたりとも、佐之吉さんに選ばれるなら、納得できるのではありませんか？」

「そんな……」

お絹は悲しみを噛みしめる表情になった。

「佐之吉さん……私は、あなたとずっと一緒にいたい……でもお父っつぁんだって、いずれは、血の繋がったお繭の子に店を継いで貰いたいはず……でしょ、お父っつぁん」

「おまえも、私の実の子だよ……ああ。ずっと、本当にそう思ってきた……これからも、そうだよ。おっ母さんも同じ気持ちだ」

「え……？」

意外な目で、お絹は徳兵衛を見た。

「本当なの、お父っつぁん……」

「当たり前ではないか。自慢の娘だよ」

「……私はてっきり、血の繋がりがないからこそ、私の方を大切にしてたのかと思ってた。だからこそ、お繭のことが、羨ましかった……だから、本当は……本当は、お繭が佐之吉さんのことを好きだってことを知ってたから、奪ってやりたいって思ったの……」

「——そんなことを……お絹……」

徳兵衛がしみじみと見つめると、お絹は唇を結んで、ゆっくりと頷いた。そして、

「——ご免《めん》なさい、佐之吉さん……私は悪い女でした……申し訳ありません。お繭を大事にしてあげて下さい……私は、あなたと過ごした……思い出を大切にして生きていきます」

「だったら、お絹……」

「いいえ、お父っつぁん……佐之吉さんとお繭を一緒にさせてあげた上で、『淡路屋』を継がせてやって欲しい……佐之吉さんの仕事とうちの家業とは関わりないかもしれませんが、きっと上手くやっていけると思う」

覚悟を決めたお絹に、徳兵衛は本当にそれでいいのかと念を押した。

「だったら、お絹。おまえは……」

「これまで育ててくれて、我が儘を許してくれたお父っつぁんとおっ母さんには、感謝してます……本当に、ありがとうございました……私はこのまま旅に出ます」

「おい……」

「今度、お目にかかるときには、魔鏡に美しい顔が映るようになっておきたい。そう思います。どんなことをしてでも、心から美しくなってみせます」

三つ指を突いて、深々と頭を下げるお絹の手に、お繭は自分の手を差し伸べて、

「そんなことを言わないで、お姉ちゃん……これからも、ずっと……」

と言いかけた。が、お絹は止めて、

「いいんだよ、お繭……私は必ず幸せになって帰ってくるから。その代わり、二十歳になったときに佐之吉さんが作ってくれた鏡……それだけは持たせて下さいな。ねえ、お父っつぁん……」

鏡は、女の護身具であり、女の魂を守るものである。ゆえに、踏まず跨《また》がずというのが礼儀であった。また、悪女は鏡を疎《うと》むということわざもあるが、お絹は

心から、鏡のように女を磨くと覚悟したのである。お絹よほど、『松喰鶴鏡』の中に映った、己の姿に愕然《がくぜん》となったのであろう。が姿を消したのは、その翌日のことだった。

その後――。

佐之吉は、明鏡である『松喰鶴鏡』を、『神楽坂咲花堂』まで持参して、綸太郎に預かって欲しいと頼んだ。

理由は、鏡師という仕事をやめて、『淡路屋』の家業に専念するため。そして、『松喰鶴鏡』という魔鏡があれば、心が不思議と乱れるため、それを持つに相応しい綸太郎に頼むというものであった。

「本当に、鏡師はやめるのですか」

綸太郎が訊くと、佐之吉は未練はないという。なぜならば、人の心の奥底や魂の内側を映す鏡は、もう懲《こ》り懲《ご》りなのだという。

よろしくお願いしますと頭を下げて立ち去る佐之吉を見送っていると、店の奥から、美津が出てきて、

「鏡師としての器量がなかったということやね。人の心の中を覗くのが嫌やなんて」

「かもしれませんね。でも、知らなくていいことも、沢山あると思いますよ」

「そうやろか。私は、通りすがりの人でも、気になるけどなあ」

「覗き見したいだけでしょう。姉貴は、人のことを知りたがり過ぎます。余計なお節介も多いですしね」

「ま、大概、喜ばしい話より、人の不幸の方がおもろいけどな」

「また、そんなこと……」

「あ、そういや。お絹さんとやらのこと、あれ、私はどうせ嘘やと思うわ」

「ええ?」

「適当なところで佐之吉さんと別れたかっただけでっしゃろ。その証拠に結構なお金を貰って旅に出た……というけれど、他のええ男と何処かで、ええ塩梅《あんばい》に暮らしてるという噂や……飽きた男を、妹に押しつけたのと違います? 女は怖うおまっせ」

「姉貴のような悪女は、そうそういないと思いますがね」

「誰が悪女どす」

「でないと、三度も亭主をアッサリと捨てないでしょ」

綸太郎がからかうように言うと、目くじらを立てて両手を掲げ、爪を立てる仕草で追いかけてくるのであった。

第二話　介錯剣法

一

鏡のような刀身だ、とはよく言われることである。だが、その刀を見たとき、

——曇ったうえに、穢《けが》れてるな……。

と上条綸太郎は思った。

それもそのはずである。この同田貫正国《どうだぬきまさくに》は、公儀介錯人の榊原剛人《さかきばらごうと》が使っている業物である。公儀介錯人はもちろん正式名ではない。刀剣の試し斬りをする役人が、〝人斬り〟と露骨な呼び方をされるのを嫌って、俗称として自ら名乗っていただけである。

罪人の死体を使って試し斬りをすることもあるが、処刑の際、首を斬ったり切腹する武士を介錯する役目もあった。その役目に就いた者は代々、山田浅右衛門《やまだあさえもん》を名乗ったが、そのほかにも榊原剛人、岩本鉄之丞《いわもとてつのじょう》などの〝名跡〟もある。

——やはり、人の血脂を吸った刀は、如何に研いでも、磨き直しても、観賞をする名刀のような美しい輝きは失せるものだな。

深い溜息をつく綸太郎は、刀身を様々な角度や高さに変えて眺めていたが、鈍《にぶ》

い光を跳ね返すだけで、くすんでいた。しかし、〝折れず、曲がらず〟と言われる同田貫らしく、堅牢な風貌は見事であった。

身幅が広く、反りは少なく、鎬地《しのぎじ》はいかにも強そうで、物打《ものうち》から切先にかけては、斬るというよりも打ちつけて骨を断つ鋭《するど》さがあった。実際、介錯などのときは、一瞬にして失神させることが肝心である。首の皮を一枚残して首を垂らすのが〝上手《じょうず》〟と言われているが、介錯をされる方からいえば、痛みを感じさせぬために気を失わせるのが本道であろう。

いずれにせよ、榊原剛人の腕前は幕府内でも評判であるゆえ、切腹を命じられた侍から、ぜひにと指名されるほどであった。その腕も、この同田貫あってのことであろう。

同田貫は肥後《ひご》の刀工であり、九州の名族である菊池《きくち》家が抱えていた者の一派で、後に加藤清正《かとうきよまさ》に仕えて、「正」の文字を拝して、正国と名乗るようになった。決して、美しくはないが、実戦には強かった。ゆえに、綸太郎から見ても、観賞や鑑定に相応しい逸物ではないが、心惹かれる妖《あや》しさは秘めていた。

「ほんに……おまえは刀を見るときの目つきだけは、父親譲りやなあ」

姉の美津が二階から降りてきて、しみじみと言った。

ここ『神楽坂咲花堂』の本家は京にあり、上条家は本阿弥光悦《こうえつ》の流れを汲む、刀剣目利きが本業である。本阿弥家は、妙本《みょうほん》を祖とする刀剣の鑑定と研磨をする一族で、江戸幕府においても、目利所《めききどころ》という役職にあって、〃折紙《おりがみ》〃という鑑定書を出せる唯一の一族であった。

綸太郎もむろん刀剣目利きであったが、京の『咲花堂』と同じく、書画骨董を鑑定して〃折紙〃を出すことができ、売り買いにも応じていた。もちろん、刀剣の研磨は本業ゆえ、丁寧に施《ほどこ》してきたが、やはり刀身のくすみは消えなかった。

「姉貴……これを、榊原様の屋敷まで届けてくれまへんか。あちらから早く持ってきてくれと頼まれていたが、他にしなきゃいけないことがあってな」

綸太郎が頼むと、美津はすぐに嫌だと返事をした。

「そんな物騒な屋敷に行ってたまりますかいな」

「物騒って……別に、そこで人斬りが行われるわけやありませんよ。切腹させられる人の所とか牢屋敷の中でのことですから」

「でも気持ち悪いやないの。大体、私がそんなものを……途中で何かあったら、どないするのどす」

「何かって？」

「人斬り包丁なんですから、どんな恨みがその刀に染み込んでるか分かったものやない。この身に何もないとは言えへんでっしゃろ。そや、文左に持っていかせればええ。あいつなら、怨霊《おんりよう》に取り憑《つ》かれても、丁度ええ塩梅になるんやないか」

「めちゃくちゃ言いますねえ、姉貴も……」

噂をすれば影ではないが、折良く文左が『咲花堂』の暖簾《のれん》をくぐって入ってきた。特に用事があるわけではないが、店番でもしようかと覗いただけだ。ガミガミ言う美津とは犬猿の仲だが、それでもちょくちょく顔を合わせるのだから、不思議なものだ。

「丁度よかった文左さん。あんた、これを榊原剛人様のお屋敷に届けてくれへんか。湯島坂下《ゆしまさかした》だから、すぐに分かりますよ」

美津は声をかけて、同田貫を鞘袋《さやぶくろ》に包んだのを差し出した。榊原剛人の名を聞いて、文左はぶるぶると顔を横に振った。

「冗談じゃねえやな。あの屋敷に近づいた者は、なぜだか知らねえが、変な死に方をしている……って噂だ。そんな所に、なんでわざわざ行かなきゃならねえんで」

「頼みますよ、なにも只《ただ》とは言うてまへん」

「留守番するから、若旦那か美津さんが行けばいいじゃないですか。ええ、ついでに掃除なんぞもしときますよ」

と文左は言いながら、飾ってある書画骨董を拭く真似をした。

「ハハン……あんた、怖いのやな」

美津は小馬鹿にしたように、

「お化けや幽霊の類は信じないとか言ってたけれど、本当は怖いんや。なんや、肝っ玉の小さい男やな。そんなことじゃ、どんな商いをしたかて成し遂げるのは無理でっしゃろ。何が紀国屋文左衛門みたいになる、や。アホくさ」

と笑った。もちろん、挑発したのであるが、すぐムキになる文左は、頭にカッと血が上ったかのように言い返した。

「人のことを子供扱いするんじゃねえぞ、こら。刀を届けるくらいが何だ。さあ、俺が持ってってやらあ。ただし給金はたんまり貰うぜ、いいな、おい」

胸を叩いた文左だが、内心はドキドキしていた。人を何人も斬っている刀というのは、それだけでも不気味なものである。自分が手にしていると思うだけで、背筋が冷たくなってくる。とっとと渡してしまおうと小走りになった。

湯島坂下へは、外濠沿いの道をお茶の水の方に向かって行けば、さほど時はからない。榊原の屋敷の前に立ったときである。

潜り戸が開いて、これまた折良く、松三《まつぞう》という中間が出てきた。榊原剛人が先日、『咲花堂』に預けていた刀を届けにきたと、文左が申し出ると、

「今日は主人が不在ゆえ、明日にしてくれ」

と突っ慳貪《けんどん》に言われた。

「そりゃないでしょう、中間さん。あなたが預かってくれれば済む話です。研磨したお代も貰《もろ》うて帰らねばなりません」

「いや。その刀は、主人が直々に手にするものであって、中間といえども勝手に触ることは憚《はばか》られるのです」

「そんなこと言っても、こうして俺みたいな奴が触ってるじゃないですか。さあ、頼みましたよ、さあ」

文左も引き下がらぬとばかりに、無理矢理相手に渡そうと押し問答をしていると、その同田貫を地面に落としてしまった。アッとふたりとも、地面にある鞘袋に入ったままの刀を見下ろした。

「た、頼みましたぜ。お代はまた改めて取りにくるからなッ」

悲鳴のような声を上げて、文左は走って逃げ去った。

榊原家で異変があったと『咲花堂』に報せが届いたのは、その夜のことである。

中間が、同田貫で何者かに斬り殺された上に、刀も持ち去られたというのだ。直接主人に返さなかった綸太郎に非があると、榊原の家臣が三人ばかり、押しかけてきたのだ。綸太郎は思いがけぬことに驚くばかりであったが、家臣たちは一歩も下がらず、憤怒《ふんぬ》の顔で迫ってきた。

「何故、下郎に持参させた。あの刀は我が家の家宝も同じ。謝って済むものではないぞ。さあさあ、どうしてくれる！」

榊原の同田貫によって同家の中間が殺され、しかも紛失したとなれば、大問題である。いくら綸太郎が返したと言っても、榊原が直に手渡されたわけではないから、どのような言い訳もできない。綸太郎はひたすら謝罪をしてから、何が何でも刀を探し出すと相手に伝えたが、家臣たちは罵声を浴びせるだけであった。

そうこうするうちに、第二の殺しが起きてしまった。向柳原《むこうやなぎわら》の土手で、辻斬《つじぎ》りが出て、同田貫で殺されたというのだ。翌朝には、読売に、

——榊原剛人の妖刀、人を斬り続ける。

と書かれて、『咲花堂』で磨きを掛けたから、刀の中に封じ込められていた妖気が出て、罪なき人を斬るようになったのだと、根拠のない話まで付け加えられていた。

たしかに、文左などに持参させた綸太郎が不用意であった。妖刀が霊気を帯びて、人を斬るなどということは信じてはいないが、刀剣に魅入られた人間が、自分でも思わぬ行いをすることは、これまで幾例もあった。刀には人の心を操る、不思議な力が秘められているのだ。

奉行所でも、榊原の同田貫の行方《ゆくえ》を探すこととなった。仮にも、公儀介錯人の刀によって、人が殺められたのであろうから、幕府への反発も起こりかねない。もし、このまま殺しが、さらに続くことがあれば、榊原自身も切腹しなければならない。

だが、綸太郎はその同田貫が、榊原本人によって持ち込まれたとき、

「今生の見納めかもしれませせぬ」

と不気味なことを言っていたのを思い出していた。その訳を綸太郎が訊くと、榊原はこう答えた。

「多くの人を斬ってきた。介錯もそうだが、まだ生きている人間に太刀《たち》を打つの

は、心が痛むものです。これが使命とはいえ、この刀を抜くことは二度とないと思います」

つまり、榊原は役目を辞する覚悟があったのだ。その最後の最後に、長年使ってきた愛刀を清めておきたかったのであろうと、綸太郎は思っていた。

ならば尚更、自分の手で榊原に渡すべきであったと、綸太郎は悔やんでいた。

二

八丁堀《はっちょうぼり》の町方与力や同心組屋敷の一角から、里村孝之進《さとむらこうのしん》が出てきて、ああっと背伸びをした。まもなく引退する年齢であろうか、でっぷりとした体つきで、おでこには深い皺が広がっており、丁寧に結った髷はほとんど真っ白だった。

黒羽織に雪駄《せった》というのは、町方同心の定番の姿ではあるが、定町廻りでも隠密廻りでも臨時廻りでもないから、十手《じって》は持っていない。その代わり、一尺程の物差しのような棒を一本、帯に差していた。

特に意味はない。ただ、高積見廻り方与力配下の同心である印となっている。高積見廻り方とは、町々の通りや路地、河岸などに積み上げた商品などの荷が、往来の邪魔にならぬよう見廻る役職である。違反する者には罰則があり、荷崩れをして人を死なせたりすれば、遠島という厳しい沙汰もある。だからこそ、日頃から、細かなところに注意をしておかねばならず、物差しで余計な部分を測っていた。それゆえに、十手ではなく、物差しというのが、この役職に必要だったのだが、今はただの飾りとなっている。

しかも、里村は高積見廻りに組み込まれている、

――成仏御用。

という特殊な役目を負っている。

妙な役職名だが、元々は、縁故者がいない人が亡くなった後、家財道具などが道端や空き地に捨て置かれたのを処分する係であった。近頃は独り暮らしの年寄りが増えて、その遺品を整理するために、高積見廻り役の同心が狩り出されたのだ。

むろん亡くなった年寄りの遺品ばかりではない。殺しや事故に遭《あ》って、無縁仏になる者もいる。その遺骸を葬り、縁者を探し出して、遺品を渡したり、葬儀代を請求する役割などもあった。

それにしても、成仏御用とは、なんとも縁起の悪い役目ゆえ、なり手はいなか

ったのだが、里村は誰かがやらねばならぬという思いから、もう三十年余り、この役職にあった。

「近頃は本当に、血縁者とも近所の住人とも関わりが薄くなって、せっかく苦労して縁者を探し当てても、線香のひとつも上げないから、困ったものだ……」

と毎日のように、里村はひとりごちていた。

この日も、勤め先の南町奉行所には立ち寄らず、数日来、探し求めているある浪人者の縁者を訪ねることになっていた。浪人者は長屋で、心の臓の発作で亡くなったのだった。

縁者が江戸市中にいればよいのだが、内藤新宿《ないとうしんじゆく》や品川《しながわ》などの四宿、東海道《とうかいどう》、中山道《なかせんどう》、日光街道《にっこうかいどう》などに足を延ばし、関東一円を歩き廻ることも珍しいことではない。もっとも、無駄足になることがほとんどで、結局は無縁仏として葬ることの方が多かった。

今般、亡くなった浪人者は、武州岩槻《ぶしゆういわつき》藩の元藩士だと分かっているから、縁者を探すのは容易かと思われた。が、藩を脱《ぬ》けたのは十年も前のことだし、江戸の浅草諏訪町《あさくさすわちよう》にある藩邸に問い合わせても、縁故はないと返事がくるだけであった。

だが、その浪人には、かつて妻がおり、娘もひとりいたとのことが分かり、しかも本所小梅瓦町《こうめがわらまち》で暮らしていると判明した。もっとも、町名で分かるとおり、瓦職人が多く住む町である。その瓦職人に、改めて嫁いでいるから、もしや相手にされぬかもしれぬ。それでも、里村は訪ねてみるしかなかった。

「――元岩槻藩士の加藤五郎兵衛《かとうごろべえ》殿のことで、訪ねて参りました。南町奉行所の……」

里村が名乗った途端、亭主なのであろう、瓦職人は明らかに不快な顔になって、物乞いでも追い払うような仕草で、

「知らねえよ。帰ってくんな」

と冷たく言った。

だが、里村は聞こえてないふりで、

「おまえさんは、権助《ごんすけ》さんだね。鬼師《おにし》と呼ばれるような、大層な腕前だそうではないか。仕事の手を休ませて悪いが、用があるのは、おかみさんの方だ。少しばかり話を聞きたいのだがね」

と腰を低くして頼み込んだ。

鬼師とは、寺の本堂や屋敷の屋根の鬼瓦を作る特殊な技能の持ち主で、大概は

数人の弟子を抱えているものだが、権助は若いのをひとり置いているだけだった。いかにも偏屈《へんくつ》な職人らしい、ゴツゴツした顔つきで、仕事柄、愛想などはまったくなかった。

「忙しいんだ。女房もなんやかやと手伝いや町内のことでバタバタしてるんでな」

「そこを何とか……」

「しつけえな」

「加藤五郎兵衛さんは病で死んだんです。他に縁者がいないんで……」

「関わりねえですよ。たしかに、うちの女房は、以前、加藤様の妻だったかもしれねえが、今は俺の……それに、子供だって赤ん坊だったから知らない話だ。余計なことを持ち込んで、ややこしいことをしてくれるな」

怒りと腹立たしさが入り混じった声で、権助は一切を拒むように睨んだ。里村は丁寧に、遺品の整理や少しばかりの貯めた金を引き渡したいと頼んだが、権助の声は終《しま》いには怒声になっていた。

「うるせえ！　とっとと帰りやがれ！」

その声に驚いたのか、奥から十四、五歳の娘が出てきた。桃割れから、きちんと長い黒髪を結い直した頃であろうか。職人の娘らしく、凛《りん》とした目つきで、地味な着物ではあるが、それが却ってこざっぱりした町娘として、好感が持てた。

「そんな大声を出して。どうしたんだい、お父っつぁん」

娘が声をかけると、権助は優しい目つきになって、

「なんでもねえよ、おゆみ……あ、そうだ。長崎町《ながさきちょう》の親方の所へいって、漆《うるし》を少しばかり譲って貰ってきてくれ。ああ、足りなくなってな、急ぐんだ」

と頼み事をした。この場から離したいという権助の思いは見え見えだったが、里村は何も言わなかった。

「ええ、構わないけど……お父っつぁん、大丈夫？」

おゆみと呼ばれた娘は心配そうに、権助の顔を覗き込んだ。

「ああ。ついでに、大工の留吉《とめきち》ん所に使いに行ってるおきよと、鰻《うなぎ》でも食ってきな。なに、この前の仕事の手間賃が入ったからよ、たまには、おっ母さんとふたりで美味いもんでも、な」

おきよというのは、権助の女房の名である。おゆみは少し首を傾げながらも、場の雰囲気を察する気配りも持っているのであろう。丁寧に里村に頭を下げてから、立ち去った。

それを追おうとする里村に、今度は権助が縋《すが》りつくように、

「頼むから旦那……勘弁して下せえ……加藤様が何処で野垂れ死にしようが、俺たちには関わりのねえこった。たった三人の幸せな暮らしを、壊さないでくれねえか」

「壊す……そんなつもりは……」

「旦那にはなくても、こっちはそう感じてるんだ。女房のおきよの口からも、もう何年も、加藤様のことはまったく出てこない。だから……あ、そうだ……」

権助は長屋の奥に行くと、二分銀を持ってきて、里村に手渡し、

「葬儀代がいるんだろ。これで頼むよ。充分だろ、なあ」

と哀願する目になった。どうしても、加藤のことは、女房や子供に触れさせたくない、という思いが権助にはあるようだ。

「——そうかい……そこまで言うなら、こっちでやるよ。その金はいい。加藤さんは実は……おきよさんとおゆみさんにと、何処でどう稼いだのか、二十両ばかり蓄《たくわ》えてた。そこから葬儀代を引いて、後で届けにくるよ」

「え……」

「なに、加藤さんの名も出さぬ。おまえに渡しておくから、何かあったときに使

うがいい。分かったな。俺が横取りするわけにはいかぬからな」

里村はそう言って踵《きびす》を返した。

一旦、南町奉行所に戻った里村は、詰め部屋で、加藤に関する書類に「始末」とだけ記して、深い溜息をついた。

——始末……。

人ひとりの人生の終焉《しゅうえん》を、まるで行事が終わったかのように扱うのにも、里村は慣れっこになっていた。

この浪人が何故、脱藩して、この十年、一体、何をしていたのか、まったく分からなかった。同じ長屋の住人によると、提灯《ちょうちん》張りや傘張りの内職をしていたというが、二十両もの大金を稼いでいたのは、きっと人に言えぬ何かをしていたのであろう。だが、今となっては、それを探る意味もなかった。

いつものことながら、縁者のいない独り身の死に接すると、里村は切ない気持ちになってくる。だが、それは自分に対する憐憫《れんびん》なのかもしれぬ。

同心稼業は一代限りが建前だが、親の跡目を継いで、同じ役職に就くのが大方だった。里村も例に漏れず、町奉行所の役人になることができたから、かろうじて糊口《ここう》を凌《しの》ぐことができているのだ。

下級役人であり、誰からも尊敬はされないが、少しは世の中の役に立っていると思っていた。もう何十年も、生きている人間ではなく、死んでいる人間の世話ばかりだが、それもまた、町方同心の役割のひとつであろうと感じていた。

そういう自分も独り者であった。

女に縁がなかったわけではないが、機を逸してしまった。母親が長年、労咳《ろうがい》を患《わずら》い、ひとりで世話をしていたために、女房を貰って迷惑をかけるのも憚られた。あっという間に、自分が年老いて、母親が倒れたときの年齢を越してしまった。

人を哀れむわけではないが、独り暮らしの老人を見ていると、

——なんとかしてやりたい……。

という思いだけが先走って、自分のことは棚に上げ、面倒を見たくなるのだ。そうしたくなるのは、もしその老人が死んで縁者がいなくても、自分が身内の代わりに、丁重に葬れると考えてのことだった。

「暇《ひま》なお役目はいいですなあ」

詰め部屋で書物を片付けていると、定町廻りの中年同心の長崎千恵蔵《ながさきちえぞう》が声をかけてきた。里村と違って立派な体軀《たいく》で、いかにも切れ者の剣術使いという風貌で

あった。

「こちとら、朝も早くから、例の事件の下手人探しでヘトヘトだってのに、里村様は暢気《のんき》でよいですなあ」

皮肉を言わないと気が済まない気質なのか、長崎は同心としては先輩である里村にも遠慮のない物言いである。

「例の事件……とは」

「公儀介錯人・榊原剛人殿の中間……松三殺しと、向柳原の辻斬りのことですよ」

「妖刀がどうのこうのという……」

「ただの人斬りですよ。榊原殿の刀を奪っての乱暴狼藉《ろうぜき》。まったくねえ……『咲花堂』の手落ちとも言えるが、こちとら下手人を挙げないと、またぞろ殺される者が出るかもしれないからねえ」

「はあ。それは困ったものですなあ」

「あ、そうそう、里村様……用件があったから来たのです。向柳原で斬られたのは、独り暮らしの婆《ばあ》さんでね、身寄りもないとのことだから、後始末を頼みましたよ」

遺品を整理して、親兄弟などを探し出し、供養するということだ。

「ええ。お役目とあらば……」

里村がしかと承《うけたまわ》ると、長崎は意味もなく偉そうな態度で立ち去った。

「――独り身の婆さん、ですか……」

またぞろ深い溜息をついて、里村はよっこらしょと立ち上がった。

三

辻斬りに襲われた婆さんの遺品を抱えて、神楽坂の『咲花堂』まで、里村が来たのは、その二日後のことだった。

幸いその間に、第三の被害者は出ていなかった。だが、下手人もまだ見つかってはいなかったから、奉行所としては油断できなかった。今般のことに関しては、『咲花堂』の綸太郎も心苦しく思っており、自分のせいで殺しが起こったとすら感じていた。

案の定、長崎もチクチクと責めるために立ち寄ったそうだが、

「今日の話は違いますよ」

と里村は、抱えていた桐箱を置いた。もちろん、これまでも何度か、色々な人の遺品を持ち込んできたことがある。

桐箱の中には、樹木文の小さな壺《つぼ》が入っていた。越前窯《えちぜんがま》か丹波《たんば》窯のものと思われるが、幼木を材にとった素朴な紋様で、常磐木《ときわぎ》に命の再生を祈念するための儀式に使われたものだ。

――げに千歳《ちとせ》の春をかけて祝はむにことわりなる日なり。姫君の御方に渡り給へれば、童《わらわ》、下仕へなどお前の山の小松引き遊ぶ……。

と『源氏《げんじ》物語』の初音の巻にあるが、神霊の宿る樹木を紋様にすることによって、縁起の良いものとして扱ったのであろう。

その壺を見た綸太郎は、

「なるほど……なかなかの上物ですな。して、これは……？」

と訊くと、里村は辻斬りに遭った老婆の遺品の中にあったものだと語った。

「辻斬り……向柳原の……」

「さよう」

自分が研いで磨いた刀で殺された人の遺品と聞いて、綸太郎はさらに胸が痛んだ。その老婆が大切にしていたであろう物が、持ち込まれる奇縁にも、綸太郎はズッシリと心が重くなった。

「これだけではないんです」

書画骨董の類が屋敷にズラリと残されていたという。里村に鑑定眼があるわけではないが、たまに値打ちのありそうな物を見つけることがある。その際、縁者がいれば渡すし、いなければ金に換えて、葬儀代にしたり、奉行所を通して、親のいない子や病人などに寄付したりした。

「これを残したのは一体、どういう人で？」

綸太郎が訊くと、里村は調べてきたことを伝えた。

「おつたさんといって、元々は、日本橋《にほんばし》の両替商『相模屋《さがみや》』の〝囲い女〟だったそうなのだが、主人が亡くなったのはもう二十年も前。それからは、与えられていた庵で、独り暮らしだそうな」

「そうですか。『相模屋』なら今でも、立派な商いをしてますが、そことは……」

「まったく縁がなく、先代には子がなかったので、店を継いだのは両替商の札を買った、血縁もない人だとか……もっとも、おつたさんが、先代主人に囲われていた頃の奉公人もいないしな」

「他の縁者は？」

「いれば、この二十年の間、付き合いくらいはあるだろう。元々、深川《ふかがわ》芸者だったということだが、その先のことは……」

よく分からないと、里村は首を振った。

柳原といえば、神田川の南岸に延びる一帯で、柳森《やなぎもり》稲荷があるから、稲荷河岸《が　し》とも呼ばれており、江戸川《えどがわ》から大川《おおかわ》へ抜ける川筋だから、結構賑《にぎ》やかであった。古着屋や古道具屋が軒《のき》を連ねているが、夜になると夜鷹《よたか》も出るような場所柄である。

岡場所女郎だったから、そういう所が落ち着けたわけでもなかろうが、その対岸の美倉橋《みくらばし》の近くに庵はあった。

残されていた書画骨董の類は、すべて『相模屋』の主人が趣味としていたものだと思われるが、おつたがどこまで値打ちが分かっていたのかは判然としない。特に処分をしたわけでもなく、一生食うに困らないくらいの金も、主人から残されていたのであろう。

「だから、綸太郎殿。おぬしに見立てて貰いたいと思ってな」

「それは一向に構いませんが……なんとも因果なものですな……自分が研磨した刀で殺された人の遺品を……」

「同田貫のことなら、それはまだ真実かどうか分からぬだろう」

意外なことを言った里村を、綸太郎は見やった。

「えっ……どういうことで？」

「介錯人、榊原剛人の同田貫で殺されたというのは、ただの噂。中間が殺されて、その刀がなくなり、誰彼構わず殺すに違いないという、読売屋の大嘘かもしれぬ」

「…………」

「柳原の殺しも、その同田貫によるものかどうかは、誰も見たわけではない。ただ、そこに、介錯人の同田貫で斬ったと書き付けが一枚残っていただけだからな」

定町廻りではないが、里村は妖刀騒ぎのことは、眉唾《まゆつば》ではないかと睨んでいた。

「その訳は、中間と老婆を斬った刀は、同田貫のような太い打刀ではなく、脇差《わきざし》ではないかとのことだ」

「本当ですか」

たとえ、そうだとしても、綸太郎は内心忸怩《じくじ》たるものがあった。人が殺されたのは事実で、いまだに同田貫正国が見つかっていない。被害が広がらないことを願っていた。

　里村の案内で、向柳原の老婆の庵に赴《おもむ》いた綸太郎は、そこに残されていた書画骨董をすべて広げて見て、どのくらいで処分できるかという見立てをしたが、なかなかの逸品揃《ぞろ》いで、千両は下るまいと判断した。茶器だけでも、利休《りきゅう》や織《お》部《べ》、遠州《えんしゅう》のものがあり、さすがは江戸で指折りの両替商が蒐集《しゅうしゅう》しただけのことはあると思った。

だが、おつたにはその値打ちが分かっていなかったのか、あるいは愛しい人の遺品ゆえ処分しなかったのか。いずれにせよ、人の命は消えてなくなり、人が作った物だけが残ったことになる。

その名品を眺めていても、里村は人の世の儚《はかな》さを感じるのだった。同じ思いの綸太郎もまた、茶碗や掛け軸、仏像、漆器、香炉《こうろ》、花瓶などを丁寧に見ながら、主人がどういう人柄であったかを探りたい気持ちだった。

　そんな中に、一通の封書が紛れ込んでいた。

　茶を零《こぼ》したような汚れがあり、紙も随分と傷んでいたが、開けてみると、中は保存がよく、文字もさほど滲《にじ》んでいなかった。

綸太郎が読んでみると、息子からの文のようで、

――一度、会いに行きたいが、許して欲しい。

というものだった。

その後、会ったかどうかは分からないが、息子がいたということが分かったのは、大きな収穫ではないかと、綸太郎は思った。里村も思わず、手紙に見入って、名や住まいなどを確認した。

「綸太郎殿……これはまさに、あなたに頂いた縁だ……」

里村は少し興奮気味に、

「息子を探してみる。『相模屋』の主人との子供なのか、それとも別の訳ありなのかは分からぬが……とにかく、探せるだけ探してみたいッ」

「そうですね。この……信吉《しんきち》という人は、母親の死を知らないでしょうし、もしかしたら、今でも会いたがってるかもしれませんからね。頼みましたよ、里村さん」

老婆の遺品の書画骨董は、綸太郎がきちんと保管しておくと約束をし、押っ取り刀で飛び出していく、里村を見送った。

「それにしても……」

同田貫正国の行方が気になっていた綸太郎は、自らも探し出さねばという焦《あせ》りが込み上げてきていた。

その夜のことである。

綸太郎は俺の名品の整理を中断し、あとは明日にするため、ここに泊まった。

すると、真夜中、コトリと物音がして、人が忍び込んでくる気配を感じた。

「――誰だ……」

目覚めた綸太郎は息を潜《ひそ》めて、身を襖の陰に隠していると、忍び足でひとりの頬被りの男が入ってきた。

どうやら、狙いは骨董らしい。座敷に広げたものを、手当たり次第、風呂敷に包んで持ち去ろうとしたとき、

「何をしてるのや！」

いきなり綸太郎が小太刀《こだち》を手に声をかけた。途端、頬被りの男はまるで猫のように翻《ひるがえ》って、庭に飛び出て、そのまま風の如《ごと》く闇の中に消え去った。

「金になる名品を狙っての狼藉だな」

おつたが亡くなったと知った誰かが、短慮からか、盗みに入ったに違いないと、綸太郎は感じていた。だが、その賊が去った後、ウッと鼻につく妙な臭いが

して、顔をしかめた。

四

翌日、内藤新宿の外れにある小さな木賃宿に、里村はいた。泊まりにきたのではない。おつたの息子の信吉を探しに来たのだ。

古い手紙によると、信吉は高井戸《たかいど》村で百姓をしていたのだが、十年程前の水害で畑を流されてから、何処か他の土地へ行ったという。百姓は辞めて、物売りをしてるという噂だが、まったく分からなかった。

ところが、その村の知り合いから、信吉と仲の良かった女が、内藤新宿で働いているからと聞いて、訪ねてきたのである。

女といっても、もう四十過ぎの年増で、お尋《ひろ》という下働きの女だった。粗末な着物で、女だてらに薪割《まきわ》りなどをしていた。里村が見たところ、相当な苦労をしてきたと思われるほど、肌は荒れ、手は熊のように大きく、ごわごわしていた。

「——江戸の町方が何の用かね」

どうやら、かつては飯盛り女をしていたようで、お上が嫌いのようだ。飯盛り女とは、四宿の旅籠《はたご》に置かれている女郎である。

「信吉さんのことで、ちょっと……」

その名を聞いて、お尋はまるで幽霊にでも会ったような、吃驚した顔になった。

「あれまあ、たまげた。もう何年、信吉なんて名を耳にしてないかねえ」

「居所を探しているのだが、心当たりはないか」

「もう何年も聞いてない名だって言ったでしょうが。こっちが知りたいくらいだよ」

「そうか。やはり分からぬか……」

また無駄足になったようだと里村は思った。しかし、信吉のことは分からないが、父親のことなら分かると、お尋は話した。

「父親は……まだ生きておるのか」

おつたが古希（七十歳）を過ぎているから、信吉の父親が健在だとは思ってもみなかった。もちろん、父親がいるということは、『相模屋』の主人の子ではないということだ。

「お尋……おまえはどうして、信吉の父親のことを……」

「知ってるのかって?」

「ああ。おまえとも繋がりがあるのか」

「夫婦約束した男ですからねえ。父親に会ったことくらいありますよ」

「で、その人はどこに……」

「奇縁というのでしょうかねえ、この宿場にいますよ。もっとも、耄碌《もうろく》して、私の顔も覚えちゃいない。『関前屋《せきぜんや》』という旅籠で風呂焚《た》きをしてます」

「そんな年でか……」

「旅籠の主人が奇特な人で、食うに困ってる年寄りを雇ってることにして、なんやかやと面倒見てやってるんですよ」

「ならば、信吉のことも忘れているかな」

「さあ……一緒に行ってあげましょうか、旦那」

気易くお尋は、同じ宿場でも南宿まで歩いて、件の旅籠まで里村を案内した。

まずは宿の主人に挨拶をして、信吉の父親だという与七《よしち》に会った。喜寿(七十七歳)に手が届く年で細身だが、見た目は矍鑠《かくしやく》としている。とはいえ、ここが何処であるか、自分が誰であるかも、何となく曖昧であった。

それでも、遠い昔のことは覚えているものである。里村が、おつたと信吉の名を出して、与七に話しかけると、キラリと目が輝いた。明らかに思い出した顔である。

「——おつた……あんな女のことは、もうどうでもいいですよ」

「どうでもいい？」

「金に目が眩《くら》んで、江戸の金持ちの所へ一緒に逃げやがった。まだ三つか四つの倅《せがれ》を置いてよ……冷たい女だ」

とても耄碌した老人の口ぶりではない。遥《はる》か遠い昔のことを、昨日のことのように話した。その話が事実かどうか、確かめるようにお尋を見やると、肯定するように頷いた。

与七は自分から、吐き出すように続けた。

「俺と同じ平塚《ひらつか》宿生まれだがよ、小さい頃からませた子で、年頃になりゃ、男に色目ばかりを使ってた。けど、あいつは俺に惚れやがってよ、夫婦の契《ちぎ》りを交わしたら、すぐに子供ができちまって、それが信吉だ」

「…………」

「ささやかな暮らしをしていたが、おつたは江戸に出たいなんて言い出して……でも、こちとら百姓だ。そんなことはできねえ。そしたら、旅の途中に平塚宿に立ち寄った、江戸の紙問屋の跡取りと駆け落ちよ」

「駆け落ち……」

「その先のことは、よく知らねえが、その紙問屋の跡取りとは別れて、どこかで芸者なんぞを始めたって話でよ……芸者になったのが縁で、『相模屋』って両替商の〃囲い女〃になったってことだ」

「よく覚えてるじゃないですか」

「けど、江戸で大きな地震があって……平塚の方も大変だったが、おったは足を大怪我《けが》しちまったと風の便りに聞いた……とにかく、俺は一度も会ってねえ」

「——信吉さんは……？」

「死んだよ」

あっさりと与七は答えた。

「えっ……それは、いつのことです」

そのことは、お尋は聞いたことがないらしく、吃驚仰天《ぎょうてん》して問い返した。だが、与七は虚空を呆然と見つめるだけで、きちんとは答えなかった。

「本当のことかね、お父っつぁん……」

しがみつくように訊くお尋を、与七は訝しげに見ながら、

「誰だい、あんた」

「お尋ですよ。信吉さんと行く末を誓ってい……」

「こんな年増とかい」

まじまじと与七は、お尋の顔を穿《うが》つように見据《みす》えた。

「もう二十年余りの前のことさね。けれど、お父っつぁんと同じで、私も捨てられた。信吉さん、江戸に行って一旗揚げるんだって、金持ちになってるおっ母さんに会いに行ったんだ……けど、けんもほろろに追い返されて」

「追い返された？」

今度は、里村がお尋に聞き返した。

「ええ。その時は、私も一緒に訪ねて行きましたよ。向柳原って所で、庵とはいうけれど、立派な佇《たたず》まいのお屋敷でした」

お尋も懐かしそうな目になって、その時のことを話した。

「十何年かぶりに会ったから、懐かしがってくれると思いきや、あのおっ母さんたら、冷たい流し目で、『あんたなんか知りませんよ。子供を産んだ覚えもありません』ってね」

「そんなことを……」

「後で考えれば、『相模屋』のご主人の手前、そう言うしかなかったのかもしれませんがね……それでも、酷《ひど》い母親がいたものだと、私も思いましたよ」

お尋は短く溜息をついて、

「それからですよ……信吉さんが変わったのは……親父と自分を捨てたくせに、てめえだけは贅沢三昧《ざんまい》の暮らし。いつかは見返してやる。そう言って、護岸の普《ふ》請《しん》場などで頑張ってたけれど、慣れない江戸暮らしに嫌気がさして、高井戸村の知り合いを頼って百姓を始めたんだ。ただ、運がないというか……」

水害で田畑を失ってから、何処へ行ったかは分からなくなったのだ。その間、お尋は信吉の側にいたのだが、自分は生まれてこなくてよかった人間だと嘆《なげ》いては、酒に明け暮れる荒れた暮らしが続いたという。

「いい年をこいて、母親がどうのこうのと言ってたけれど、自分の不遇を親のせいにしてただけです」

色々と辛い日々を思い出して、お尋は涙目になった。この女もまた、人生を狂わされたのかもしれぬなと、里村は感じていた。

亡くなった人の遺品を整理していると、思わぬ事に出会うことがある。おったという老婆は人生の最後に何者かに殺されたが、残された物を見ている限りでは、概ね幸せな生涯であったと人は思うであろう。

しかし、亭主の人生を狂わせ、捨てた息子に恨まれるような女の心中は、一体どのようなものだったのか。何の因果か殺されたおつたのことを考えると、実に哀れに思えてきた。同時に、きちんと供養してやらねばならぬとも感じていた。

「もう一度、訊くよ、与七さん」

「与七……？」

「おまえさんのことだよ」

「ああ、俺は与七だ……ああ、たしかに与七だったような気がする」

「息子の信吉は死んだと言ったが、いつ何処でそのことを知ったんだい。どうして、おまえさんは知ってるのだね」

「死んだ？　誰がじゃ」

「さっき、そう言ったではないか」

「ああ。死んだよ。とうの昔にな。誰かに殺された。可哀想なことをした」

耄碌していて、与七の話がどこまで本当か嘘か分からぬと、里村は判断した。いずれにせよ、遺品を継ぐ者がいないのであれば、町奉行所で処分するしかない。

「あの……里村様……」

遠慮がちに、お尋が声をかけた。

「私も一緒に江戸に行っていいですかね」

「え……？」

「なんにもできませんが、せめて線香の一本だけでも上げたいと思いまして」

「それは構わぬが、親兄弟ではないゆえ、おつたさんの遺品を、あんたに渡すわけにはいかないよ」

「違います。そんなつもりじゃ……私はもしかしたら、信吉さんにもう一度、会えるんじゃないか……そんなふうに閃《ひらめ》いただけで」

妙なことを言うものだと里村は思ったが、別に邪魔になるわけではないから、お尋の思いを叶えてやることにした。

五

「ほう……盗っ人が入ったとな……」

嫌みな顔を向けた長崎は、おつたの遺した書画骨董を見廻した。

綸太郎は逃げた男の残り香から、漆職人ではないかと話した。自分も少しばかり漆器作りの真似事をしているから、鼻孔に感じたままのことを伝えたのだ。

「だから、漆職人を洗え、とでも?」

「そう願えれば幸いです。ここに残されている書画骨董の値打ちが分かっているからこそ、盗みに入ったのかもしれません。漆職人ならば、あるいは物を見る目も……」

「おまえさんに言われるまでもなく、色々と探索はしてるよ。おつた殺しや榊原様の中間殺しとも繋がってるやもしれぬゆえな」

「もしかして、おつたさんを殺した者が、盗みに入ったとでも?」

「そう先走るもんじゃないぜ。下手人探しってなあ、雪駄が磨《す》り減って、鼻緒を何度もすげ替えるくらい歩き廻って、ようやく一筋の光が見えてくるんだ」

「でしょうね。宜しくお願い致しますよ。うちの姉貴も、長崎様のことは大いに頼りにしてますので」

美津は男っぷりがよい長崎のことを、心憎からず思っている。もっとも、三度も亭主を替えた女であるから、どこまで本心かは分からない。ただの気紛れかもしれぬ。

綸太郎としても、以前、関わっていた内海弦三郎《うつみげんざぶろう》よりは真面目で、頭も切れると思ってはいた。が、人柄はまだ分からぬせいか、内海の方が印象は良いと感じていた。ひねくれた態度ばかりしていたが、意外と真っ直ぐな心意気があったからだ。

そこへ、ガッチリした体つきの目つきの鋭い若い衆が、

「ごめんなすって」

と駆け込んできた。長崎が御用札を渡している神楽《かぐら》の七五郎《しちごろう》という岡っ引だ。謙《へりくだ》ったように腰を落としてはいるが、隙のない身構えから、柔術もかなりの腕前であることが分かる。

「長崎の旦那。ちょいと……」

目顔で外へ導き出すと、七五郎は声をひそめて語りかけた。

「榊原様の中間を斬った奴らしき男が見つかりやした」

「なんだと」

「今も、下っ引に張らせてやす」

「何処のどいつだ」

「実は中間の松三は、深川の賭場で知り合った男と金のことで揉《も》めてましてね。

どうやら、そいつがやったらしいです」

「そいつとは？」

「勝吉《しょうきち》と名乗ってるらしいのですが、本当の名かどうかは分かりやせん。勝って吉を摑《つか》むって語呂だろうって、遊び仲間の話でやす。しかも素性の分からない奴で、飲み仲間でも住処《すみか》を知らないとか」

「松三が金を借りてたのか」

「逆です。勝吉が五両ばかり借りていて、何度も松三が返せと迫ってたようですが」

「で、殺して逃げたってわけか」

「へえ。おまけに、この庵の婆さんを殺《や》ったってことは、狙いは金ですぜ。前々から、目をつけてたんでしょうよ」

「……てことは、若旦那。おまえさんが見た盗っ人てのは、その勝吉かもしれぬな」

「盗っ人？」

長崎は七五郎に綸太郎がした話を聞かせてから、そいつが漆職人かどうかも調べろと命じた。

もし、ゆうべ盗みに入った奴と中間の松三を殺したのが同じ人物ならば、おった殺しもおそらく勝吉の仕業であろうと踏んだのだ。

「へえ。ガッテンでえ」

七五郎が駆け出して行こうとすると、冠木門《かぶきもん》風にしている入り口から、里村が入ってきて、ぶつかりそうになった。お尋も一緒である。「おっと」と七五郎が避けて立ち去ると、長崎は舌打ちをして、

「この庵の婆さんの後始末をして下さいと頼んだのに、年増女と逢《あ》い引《び》きですかい。いや、里村さんにとっちゃ若い女か」

と皮肉混じりに言った。

「たしかにねえ……」

曖昧に返して、里村は逆に問いかけた。

「何かあったのかい？」

「探索のことですから、里村さんには関わりないでしょうよ。とにかく、人任せにしないで、自分でやって下さい」

これまた嫌味な顔で、チラリと綸太郎を見やった。

「いや、実はだな、長崎殿……亡くなったおつたの縁者を連れてきた」

「縁者……？」

長崎が睨むような目になると、お尋は小さく頭を下げた。

「この人は、お尋といって、おつたの息子の信吉と夫婦約束をしていた者だ。祝言を挙げたわけではないが、何年かは一緒に暮らしていてな。内藤新宿から道々、話してきたのだが、遺品などはこの人に譲ってもよいかなと考えていたところだ」

「親兄弟などの血縁に限られるはずだが？」

「よくよく聞いてみりゃ、お尋の母親とおつたは従姉妹《いとこ》同士。ならば、血縁者であろう。他に誰もいないのだから、文句を言う者もいないと思うがな」

「――まあ、里村さんがそう判断するなら、俺は別に反対はしない。〝成仏御用〟の方で始末をして下さいまし」

投げやりに言ってから、長崎はお尋をジロリと見やって、

「ただし、おつたとおまえの母親が本当に従姉妹同士かどうかは、キチンと調べさせて貰うぞ。なんといっても、千両は下らぬ遺品らしい。おまけに二百両ばかり小判も残ってる」

「…………」

「驚かないのか、お尋とやら」

「その話も、大体のことは、里村様から聞きましたから」

「ほう。何をしてたか知らぬが……その身なりからしたら、はっきり言って貧乏だろう。持ち慣れぬ大金を手にすると、人生が狂ってしまうから、あまり浮かれぬことだな」

「私はそんな……」

何か言い返したいように見たが、長崎の鋭い眼光に逆らうことはできなかった。困って俯いてしまったお尋に、横合いから綸太郎が声をかけて、遺品を見せることにした。

常滑《とこなめ》や越前、信楽《しがらき》などの壺から、黒瀬戸《くろせと》や黄瀬戸《き》などの形状や釉薬《ゆうやく》などについて綸太郎に話されても、お尋にはよく分からず、手に取るのも憚られた。掛け軸や屛風絵《びょうぶ》については、綺麗だなあと思うくらいで、その技法や値打ちなどは理解できるものではなかった。

しかし、千両を超える凄い逸品揃いと知って、お尋は自分が引き取ることを拒んだ。とても保存することなどできないし、価値の分からぬ者が持っていても仕方がないというのだ。

それもひとつの見識だということで、お尋が頑《かたく》なに拒絶をするならば、『咲花堂』で預かって、好事家《こうずか》などに売却したものを引き渡すということで、一旦、話を付けた。

「こういう所でも商売熱心な若旦那だ。自分が研磨した刀で殺されたかもしれぬのに、優雅なことよのう」

長崎は二言目には皮肉めいた科白《せりふ》を吐くが、綸太郎も慣れっこになっていた。

「そのことですがね、長崎様……」

と綸太郎は凛とした目を向けて、ハッキリと言った。

「実は、その同田貫正国は、すでに榊原剛人様の手元に戻っております」

「なに……？」

納得できぬとばかりに睨み返す長崎だったが、綸太郎は落ち着いた声で、

「公儀目利所は元より、私たち本阿弥家諸派の刀剣目利きの者たちには、刀剣が紛失したときにはその行方を探し出す、いわば〝隠密目付〟のような働きをする者がおります」

「…………」

「もちろん、刀剣に限りませぬが、本業が目利きゆえ、万が一のことがあっては

ならぬと目を凝《こ》らすのですね。本阿弥家の息のかかっている刀剣商や骨董商もおりますから、妙な動きがあれば耳に入ってくるのです」

「何が言いたい……」

「榊原様の同田貫正国を、ある刀剣商に持ち込んで金に換えている者がいました」

「では、その男は……」

「何処の誰兵衛かは、嘘の書き付けをしておりましたが、その刀剣商は人相風体を書き留めてあります。なに、私たち刀剣目利きや骨董商は、多少の絵心はあるのでございますよ。この男を探し出して下さい」

綸太郎は、刀剣商が描いたという人相書きを差し出した。受け取って、まじまじと見た長崎は小さく唸《うな》ってから、

「なるほどな……いかにも悪さをしそうな面構えだ」

と自分の面相は棚に上げて頷いた。

——おや……？

という顔で、横合いから人相書をチラリと見たお尋は、引き攣《つ》ったような声を上げて、思わず目を凝らした。

「どうした。見覚えがあるのか」

長崎が鋭い顔つきになると、お尋は知りませんと首を振ったが、明らかに様子がおかしい。正直に話した方がいいと、綸太郎も助言をした。何か不都合がある
ならば、必ず善処すると、里村も約束をした。

お尋は高鳴る胸を押さえながら、長崎に向かって静かに言った。

「絵ですから……違うかもしれませんが……その……」

「なんだ」

「——その……信吉さんに、似ております」

「信吉！　ここの婆さんの息子という？」

「はい……」

「だが、死んだのではないのか」

「え、ええ……お父っつぁんの話では」

「どうもよく分からぬな。では、信吉というのは生きているとでも言うのか。ならば、今、若旦那と話したことは、すべて御破算だ。しかも、そいつが同田貫を
盗んで、中間の松三を殺して……まさか母親までも⁉」

長崎は頭に思い浮かべる最悪の事態を、一気呵成《いっきかせい》に述べて、

「なんとも歯痒《はがゆ》い思いがしてきた……よし分かった。俺は何としても、この人相書の男を探して捕まえるから、その時は、お尋……信吉かどうか、証言せいよ」

と念を押してから立ち去った。

「――とんでもないことになったな……」

慰《なぐさ》めようもないと言葉を呑《の》んで、里村はお尋の肩をそっと撫《な》でた。

「とにかく、私は、おつたの後始末をするだけゆえな、殺しの探索については何とも言えぬが、穏やかに成仏して貰いたいものだ」

里村の胸には、やりきれぬ思いが去来して、泡沫《ほうまつ》のように消えた。

「申し訳ありまへん……」

思わず、綸太郎は誰にともなく呟いた。そして、重苦しい痛みを感じながら、書画骨董を眺めていた。

六

八丁堀の組屋敷に帰った里村を、門前でひとりの若い娘が待ち伏せていた。

「――おまえさんは……」

同心稼業というのは顔を良く覚えているものである。先日、瓦職人の権助を訪ねたときに、ほんの少しだけ見かけた娘のおゆみだということは、すぐに分かった。

「どうしたんだね、こんな所まで……」

「この前のお話、聞かせてくれませんでしょうか」

「元岩槻藩の加藤五郎兵衛様のことだね。まあ、中に入りなさい」

里村は自分の孫ほどの娘を、屋敷の中に入れた。まだあどけない顔をしているが、物事はもう色々と分かっているのであろう。賢そうな顔をしていると、里村は思った。

「独り者の後始末……いや、誰も縁者がいない人を手厚く供養する。そんな仕事をしているのに、私には女房子供すらいなくてな、殺風景なものだろう」

「いいえ。とても綺麗に掃除されていて、ご新造様がおいでと思いました」

「まだまだ若いのに、世辞も言うのだな」

「お世辞ではありません」

「さぞや、父上と母上に良い躾《しつけ》を受けたのであろう」

「お父っつぁんはああ見えて、とても優しい人なんです。ご無礼をしたようですが、どうかご勘弁下さい」

「何も無礼なんかしてはおらぬぞ。それに、私も仕事とはいえ、不躾なことで、申し訳なかった」

里村が頭を下げると、おゆみは却って恐縮して、

「あの後……おっ母さんと鰻を食べながら、色々と話を聞きました。お父っつぁんとの出会いや、私の本当の父親のことなど……」

「そうだったのか……」

「はい。前々から、私も気になっていたことでした。お父っつぁんが、実の父でないことは、知っていましたから。そして、本当の父親が武士であることも……」

「…………」

「ですが、それ以上のことは、お父っつぁんもおっ母さんも語りませんでした。私も、幸せに暮らせていますから、今更、本当の父親のことを知っても詮《せん》のないことだと、特段、聞きたいとも思っていませんでした。でも……」

おゆみは固唾《かたず》を呑むように、軽く喉元に手を当てて、

「この前は、なぜかおっ母さん、じっくりと話してくれました……本当の父上と

別れねばならなかった理由。そして、お父っつぁんと会ったときのことなどを……」

と言いながら里村を熱いまなざしで見つめると、静かに話を続けた。

加藤五郎兵衛とおきよは、同じ岩槻藩の城下で生まれ育った。加藤は殿の御馬廻り役という役職の家臣であり、おきよは同じ藩士の娘であった。しかも、おきよの兄の徳之進《とくのしん》は、加藤とは大親友であった。

「そうだったのか……」

里村とて、そこまでは調べていない。親友の妹を嫁に貰ったのであれば、さぞや〝家族ぐるみ〟で仲良しだったのであろうと推察した。しかし、事件は起こった。

「――私にとっては、徳之進様は、母方の伯父《おじ》になります。その伯父と、父が大喧嘩をしたのです。斬り合いにまでなって……」

「斬り合い……なんで、また……」

「はい。藩のご家老が、公金を着服したとか、誰かから賄賂《まいない》を貰ったとかの不正をしたらしく……父と伯父は、その不正を暴こうとしたのです」

「ふたりして……」

「ですが、伯父の徳之進様の方は、前々からご家老とは親しく、郡奉行になる約束をされていたから、目をつむろうとした……とのことです。ご家老も元々は、そんなに悪い人ではなかったけれど、偉くなってから人が変わった……だから、なんとか説得したいと」

「…………」

「でも、それを父の五郎兵衛は断じて許せないと、伯父を責めました。おまえも郡奉行になりたいだけだろうって。ところが……伯父の意図は別のところにありました」

一介の藩士が、わあわあと叫んだところで、誰も相手にはしてくれぬ。確たる証拠にも乏《とぼ》しい。何より家老には、藩主も全幅の信頼を置いており、絶大な権力を持っている。何を言っても蟷螂《とうろう》の斧《おの》に過ぎなかった。

「そこで、伯父は相手の懐に飛び込むために、一度は籠絡《ろうらく》されるふりをして、しかるべきときに、家老を追い詰める策略を描いていたのです。だから、郡奉行の地位になり、不正の証拠集めもしました」

「……で、うまくいかなかったのか。それとも、伯父は後になって、おまえさんの父親を裏切ったとか？」

先走って訊こうとした里村に、小娘のおゆみの方が落ち着いた様子で、

「いいえ……伯父の策略は着々と進んでいたそうです。ですが……ご家老の方が一枚上で、適当に手懐けておいてから、江戸上屋敷の奉公に転じさせました。その後……」

「その後……？」

「ご家老は、自分がやっていた不正の一部を、伯父のせいに見せかけて、切腹を命じたのです。国元から離したのは、その奸計《かんけい》を謀《はか》るがためだったのです」

「なんとッ……」

里村は慄然《りつぜん》となって、おゆみの素朴な顔を見つめた。その純真な表情とは正反対の、母親から聞いたどろどろした話を、まるで自分が経験してきたかのように続けた。

「伯父は驚きのあまり、ご家老がやってきた不正を洗いざらい、江戸家老に伝えました。ところが、真相を知ってか知らずか、伯父は江戸家老に窘《たしな》められました。四面楚歌《しめんそか》となった伯父は、公儀の評定所に訴え出るしかないと知己を通じて、江戸町奉行を頼ったのですが、その直前……」

藩士に捕らえられそうになったので、大立ち廻りになったという。江戸市中

で、刀を振り廻すのは、たとえ武士でも、相応の理由がなければ咎《とが》められることがある。

それで、公儀を巻き込んだがために、幕府の手によって捕らえられ、切腹させられたのである。

このときに、介錯をしたのが、里村も後で知るのだが……榊原剛人であった。

「悲しいことです……」

おゆみは深い溜息をついて、さらに父親の話を続けた。

「大親友が切腹させられたと知った父は……伯父の調べたことは本当のことで、悪事を働いたのはご家老だと、藩主に直訴しました」

「直訴……受け入れられなかったのか……」

「そんなことがあってよいのか、どうか……ご家老の不正は藩主も知っていたことで、見て見ぬふりをしていたとか。政事《まつりごと》の手腕はあるし、不正の金は、藩主を若年寄にして貰うために、幕閣に流していた金だということも分かりました」

「な、なんと……!」

自分のことのように、里村も怒りを感じてきた。それでも、おゆみは冷静に話を続けた。まるで、自分の父親の生き様を辿《たど》るような話しぶりだった。

「何をしても無駄だと思った父は、脱藩し、親友の伯父の仇討《かたきう》ちをすると心に決めたそうです……ですが、丁度、その頃……母上のお腹には私が宿っており、親戚一党や周りの者は引き止めたとか」

「うむ……」

「赤ん坊の顔を見れば、少しは考えも変わるだろう。世の中というものは、一筋縄でいかないものだ。一方から見て間違いでも、別の方から見れば正しいこともある。そう諭されたそうです。ですが……」

ほんの微かに、おゆみは桃色の唇を噛む仕草をして、

「父は脱藩し、母には迷惑をかけまいと離縁して、江戸に出てきました。ですが、母はそんな父を追いかけたそうです。父母も何もかも捨てて……」

「どうして江戸に……？」

「江戸家老と父は、剣術の師弟関係にあったとかで、なんとか本当のことを分かって貰おうとしたそうです。けれど、それも無駄骨……そうこうするうちに、私が生まれました」

「…………」

「母の話によると、私が生まれたことを、父はとても喜んでくれたそうです……

ですが、やはり自分が為《な》すべきことは、藩主の不正を暴いて、大親友の仇を討つことでした……幕府にも訴え続け、岩槻藩主を若年寄にするなんてこともしないで欲しいと嘆願しました。そんな不正ばかりしていた人が幕閣になるなんて、父は許せなかったのです」

正義感が強いばかりに、そして親友への友情が厚いばかりに、加藤は最も大事な女房と娘を傷つけねばならなかったのだ。里村にはできぬ話だと感じた。

「で、加藤様は……奥方とおまえさん母子と離縁をしてまで、事をまっとうしようとしたのだな。武士の一分を立てるために」

「はい。母も武家の出ですから納得しました……そして、父が本懐を遂げた暁《あかつき》には、後追い心中をするつもりだったとか。私を道連れに……」

「なんとも……」

「ですが、なぜか父は仇討ちどころか、ご家老の不正のことも曖昧になり、そのうち藩主は若年寄になってしまわれました。それからの父は、世捨て人のように暮らしていたということです……もっとも、母はもう関わりのないことでしたが」

「関わりない……？」

里村は思わず聞き返したが、無理に話すことはないと伝えた。しかし、おゆみは生来、気丈な面もあるのであろう。自分の運命を悟っているかのように、

「これが私の人生だったのです。これからも、お父っつぁんとおっ母さんのために生きていきます。なぜならば……」

「…………」

「父を見限って、入水《じゅすい》して死のうとした母と私を体を張って助けてくれたのが、お父っつぁんなのです……何があっても死んじゃいけない。生きなきゃいけないって」

「そうだったのかい」

「はい。お父っつぁん……子供の頃、大火事に遭って、親兄弟で生き残ったのは、自分だけだったからって……それで……」

おゆみは言葉を詰まらせた。

「——本当の父には悪いけれど……今でも、お父っつぁんがただひとりの、父親だと思っています……」

親友の仇討ちもできず、家老の不正も暴けず、それを暗黙の了解にして若年寄の地位についた藩主に対して、何も出来ない。その上、妻子を捨てざるを得ず、

一体、自分は何のために生きているのか、加藤五郎兵衛は分からなくなったのかもしれぬ。

その無念はいかばかりのものかと、里村は感じていた。だが、世捨て人のように暮らさずとも、前向きな別な生き方があったのではないかとも思った。

「あの……里村様は、どうして、お独りなのですか？」

ふいに、おゆみが訊いた。

「なに、私にも女房と呼べる女はいたが、面白みのない私に愛想をつかして、いい男とどこぞへ出ていってしまった」

「本当の話でございますか」

「遠い昔のことだから、顔も忘れたがな」

里村は苦笑いをして、改めて、おゆみの幼気な顔を見つめた。そして、加藤の残した二十両の金を渡すことにしたのである。

七

中間の松三殺しの下手人が捕まったのは、その翌日のことだった。

人相書が決め手となったのである。

同田貫正国を売った者と、賭場の者が証言したとおり、松三と借金のことで揉めていたこと、さらには、お尋が顔を改めたことで、御用となったのだ。

しかも、七五郎が探していた漆職人であることも分かった。つまり、おつたの庵に盗みに入ったのも、勝吉こと信吉だったのだ。もっとも、漆職人とはいっても、ただ手伝いをしているだけで、匠の腕を持っているわけではなかった。

大番屋に連れてこられた信吉を見て、綸太郎や里村とともに臨席していたお尋は、込み上げてくる涙を抑えきれなかった。

——生きていてくれた……。

その思いが胸の中で、熱く広がったのだ。しかし、それも束の間のこと。人殺しとして裁かれていくのを、目の前で見続けなければならない苦痛を強いられるのである。

吟味方与力が立ち会って、まずは長崎が信吉を問い詰めた。

中間の松三との関わり、同田貫正国を奪って売り飛ばしたこと、母親であるおつたを向柳原で殺したことなどを責め立てた。信吉の目には、お尋の姿も入っているはずだが、振り向こうともしなかった。

「どうなのだ、信吉……おまえは勝吉と名乗っていたらしいが、そこはお尋によって、信吉であることは明白。すべてを正直に吐くか。それとも……」

「へい。全部、あっしがやらかしたことでございやす」

「まこと。間違いないな」

「ええ、そうですよ」

「吟味方与力様の前である。ここで話したことは、すべて、奉行所のお白洲《しらす》での証拠になるゆえ、さよう心得よ」

「――今更、嘘を言っても始まりませんよ」

「そうか。ならば改めて、ひとつひとつ尋問するから、誠心誠意、答えるがよい」

里村が、松三のことから順次、問いかけると、信吉は素直に答えた。

松三が、『咲花堂』から同田貫正国を持参した文左と揉み合っていたのを、たまさか見かけた信吉は、文左が去ったのを見計らって借金はまだ待ってくれと松三に声をかけた。すると、松三は何を思ったか、その同田貫を鞘袋から出して、すぐに返さないと斬るぞと脅《おど》してきた。とっさに腕を摑んで、足蹴にした信吉は、同田貫を持って逃げた。一瞬にして金になると思ったからだ。

あれこれ迷った挙句、松三はひとりで追いかけてきた。主人にバレれば、大変なことになるからであろう。だが、そのときすでに、信吉は刀を金に換えていて、借金を返してやろうとした。だが、

「そんなものより、刀だ。何処で売ったッ」

などとしつこく聞いた上で、盗っ人として奉行所に訴え出るなどと騒ぎ出したので、信吉は道中脇差で、ぶった斬ったのだ。それが、同田貫が紛失したことから、

——妖刀に斬られた……。

と勝手な噂が飛んだのだった。

「何故、母親まで殺したのだ。金が入ったのなら、殺すことはあるまい」

「殺すつもりはありませんでしたよ、へえ。けどね、あいつが殺してくれと頼んできたんですよ。本当ですよ」

「なんだと。出鱈目《でたらめ》を言うと承知せぬぞ」

仮にも母親をあいつ呼ばわりするなと、長崎は怒鳴ったが、信吉は飄々《ひょうひょう》とした態度で、

「だから……嘘をついてもしょうがねえでしょうが」

と悪びれる様子もなく吐き出すように言った。

「ろくでもない母親でしたからねえ……俺もこんなふうになっちまった」

「いつの話をしておるのだ。おまえはもう四十を越えておるのであろう。己の不遇を親のせいにするなんざ……」

「別にしてやいやせんよ。あっしが選んだ地獄道ってやつでさ」

信吉はチラリと傍らのお尋を見た。そして、口元を歪めると、

「こいつが何を言ったか知りやせんが、所詮は飯盛り女だった奴だ……食うに困って、俺のおふくろの金をたかりにきたんだろうが、死んでて残念だったな」

「違うよ、信吉さん……」

お尋は思わず声を発した。俄《にわか》に切なげな目になって、

「私は、あんたをずっと待ってた……必ず迎えにくるから、あの木賃宿で待ってろ。きっと金持ちになって帰ってくる。だから、私、それを信じて……」

「女郎の深情けは御免だぜ」

「身を売ったのは、あんたがいなくなってから後のことです……」

「ほれみろ。俺を待ってなんざいないじゃねえか。どうせ、体が疼《うず》いて、男が欲しくて欲しくてしょうがなかったんだろうが」

反吐《へど》を吐くように言った信吉に、吟味方与力が冷ややかな声をかけた。

「控《ひか》えい。問われたことにだけ答えろ」

「だって、この女が……」

と言いかけたが、信吉は黙って膝を揃えた。

「承知致しやした。なんなりと、問うて下さいやし」

居直った信吉に、長崎が聞き直した。

「母親のおつたに、殺してくれと頼まれたと言ったが、詳細に申してみよ」

「――あっしはね、あの同田貫って刀を売る前に、これを買ってくれと母親の庵に行ったんです。そしたら、やはりけんもほろろでね……仕方なく、前からちょいと知ってた刀剣商に行ったまでで」

「で、その金を持って舞い戻ったとでもいうのか？」

「すぐに金はなくなりましたよ。またぞろ博奕《ばくち》ですっちまってね。だから、母親のところに無心に行ったんだ」

「これまでも、そういうことを繰り返してたのか」

「まさか。博奕ですったから、なんとなく腹が立ってね。さっさと金を出しときゃ、ツキが変わったのによ。文句のひとつも言いたくなって行ったんだ……そしたら、いきなり俺の体を摑んで、手にしていた包丁で、『私を刺してくれ。おまえの手で殺してくれえ』と叫ぶんだ」

妙なことを言い出したと長崎たちは思ったが、黙って聞いていた。

「旦那方。変な目で見ないで下せえ……本当なんですよ。その訳を訊いたら、『おまえを捨てた罰《ばつ》だ。私のせいで、おまえはそんな人間になったんだ。私を殺して、おまえも死んでくれえ』ってね……惚《ほう》けているのか、頭がおかしくなったのか。とにかく、気持ち悪くなったから、俺は逃げ出した」

「それで、おつたが向柳原の土手を追いかけて来たとでも？」

「へえ。大声で『殺せえ、殺せえ！』と叫ぶので、俺は戻って口を押さえて、包丁を取り上げようとしたら……いきなり、自分の胸を刺しやがった」

「…………」

「そして、笑いながら、『これで、勘弁してくれや……一足先にあの世に行って、待ってるからな……あの世では大切にするから、御免《ごめん》な、信吉』……そう言って死んだ」

信吉の話は俄に信じられぬと長崎は首を振った。吟味方与力の前で、母親は手に掛けていないと弁解しているだけで、その証拠はどこにもないと断じた。

「その話が本当なら、信吉……なぜ、すぐに奉行所か自身番に届け出なかった」

「馬鹿な。そんなことをしたら、松三のことがバレちまう」

声を強めて、信吉が答えたとき、吟味方与力は看過できぬとばかりに、

「さてもさても……自分の母親が目の前で死んでも、放り出して逃げるとは、とても人間のすることではない。たとえ、その手に掛けてないとしても許されることではあるまい。しかも、松三殺しを認めているのだから、極刑は免れまい」

「ふん。好きにしやがれ」

「おまえのような穀潰《ごくつぶ》しでも、法に則《のっと》って裁くよって、余罪も篤《とく》と調べるゆえ、しばらく小伝馬町の牢屋敷にて預かる」

吟味方与力が言った途端、長崎がすぐさま信吉を後ろ手にして胴ごと縛《しば》り上げた。

「主《あるじ》殺し、親殺しが最も厳しい刑であることは承知しておるな」

御定書第七十一条では、主殺しは、二日晒し、一日引き廻し、鋸《のこぎり》引きの上、磔《はりつけ》である。親殺しも、引き廻しの上、磔だ。儒教が重んじられていたから、親よりも主を殺したときの方が重い罰だった。しかし、親には、斬りかかっただけでも情状の酌量はなく、死罪である。

「逃れられぬと覚悟せよ。おつたが言ったとおり、先に冥途《めいど》に旅立った母親を追って、あの世ではせいぜい孝行するのだな」

「ケッ。俺を捨てなきゃ、こんなことにはならなかったのだ」

往生際が悪いのか、生来の性根が悪いのか、人を殺しておいて、まったく反省がないどころか、この期に及んで、人のせいにしている信吉を見て、里村は哀れに思った。

ふと、おゆみのあどけない顔を思い出した。同じように親に捨てられておきながら、後で出会った人によって、人生は変わるものだなと、つくづく感じた。

お尋は、愛しい人にようやく再会できたのが、最も惨めで悲惨なときであったことで、胸を痛めていた。この女もまた、別の生きる道を見つけていれば、無駄に年を取ることはなかったのにと、里村は同情した。

やりきれない気持ちは、綸太郎もまた同じであった。

八

小伝馬町牢屋敷に、綸太郎が呼び出されたのは、そのわずか三日後のことだった。

信吉の処刑に立ち会えというのだ。

南町奉行所からの意外な申し出に、綸太郎は戸惑い、一度は断った。だが、無理強いはしないとはいいながら、どうしてもという。

実は、榊原剛人が〝介錯人〟として、信吉を斬るから、研磨したばかりの同田貫正国の切れ味を、その目で見て欲しいというのだ。なんとも奇妙な申し出である。そして、処刑される信吉もまた、

――『咲花堂』の上条綸太郎に、最期を見届けて貰いたい。

と願っているというのだ。

その理由は、母親の〝遺品〟である自分を鑑定して貰いたいからとのことだった。

不気味な発言に応《こた》える義務はない。しかし、元はといえば、綸太郎が渡し損ねた同田貫正国のせいで、事件が転がったともいえる。それもまた不思議なことだった。ゆえに、綸太郎は、ある覚悟を決めて、

「承知致しました」

と南町奉行の使いである内与力・河田正之助《かわたまさのすけ》に従ったのである。

内与力とは、町奉行所の役人ではなく、奉行自身に仕える家臣である。これは正式な町奉行所の要請ではなく、あくまでも私的な立ち会いだということを物語っていた。

河田とは何度か面識があるが、狸《たぬき》のような体つきで、常に愛嬌《あいきょう》のある笑い顔ながら、目は笑っていない。綸太郎は、

——何か裏があるな……。

と感じていたが、おつたの死と縁がある者として、真っ直ぐ立ち向かうことにした。

小伝馬町牢屋敷は、日本橋から程近い所にありながら、二千七百坪程という広大な敷地にある。牢屋奉行の石出帯刀《いしでたてわき》の役宅も敷地内にあり、大牢、二間牢、揚屋、女牢などを合わせて、入牢者は四百人を超えていた。

敷地の三方には土手があって、その内側は堀で囲まれている。塀の高さは七尺八寸もあり、その上部には、忍び返しが内側に向けて設えられ、囚人は決して逃げることができなかった。

この異様な光景を見上げると、表門から入るのは、気持ちがいいものではなかった。

まだ初秋ではあるが、真冬のような冷たい風が吹き抜けている。ぶるっと背筋を震わせて、綸太郎が門内に入ると、牢屋同心がふたり待っていて、目の前の穿《せん》鑿《さく》所に通され、簡単な説明を受けてから、すぐ牢屋敷の東側の一角にある〝死罪場〟に通された。

曇天の下、煌々と大きな篝《かがり》火《び》が焚《た》かれており、今の今までの寒気を吹っ飛ばすくらい熱いと、綸太郎は感じた。炭火で高い熱を出しているこの炎は、邪気を祓うものである。

少し離れた筵《むしろ》の上には——。

目隠しをされ、白装束に着替えさせられた信吉が、露天の刑場に座らされていた。まさに処刑直前であった。

獄門、火罪、磔を言い渡された者は、鈴《すず》ケ森《もり》か小《こ》塚《づか》原《つぱら》に連れていかれて処刑されるが、その他の死罪は牢屋敷内で執《と》り行われる。だが、信吉は実際におつたに手を下したかどうかは判然としないゆえ、親殺しには該当せず、この場で処断されることになったという。

「それにしても……」

綸太郎は、処刑に立ち会っている石出帯刀に尋ねた。

「信吉は武士ではないのに、なぜ切腹で、介錯をするのですか」

「誰も切腹などとは言うておらぬが」

いかにも段取りを大切にする、能吏《のうり》らしい冷ややかな態度で、石出は答えた。

たしかに、切腹する者が目隠しをされ、縛られているわけがない。

「では……」

不安が去来した綸太郎に、石出はしっかりと頷いて、

「試し斬りだ。しかも、生身の人間を斬るゆえな、公儀介錯人として最も腕のよい榊原殿に頼んだのだ」

信吉の斜め後ろで、瞑目《めいもく》して正座で待っている榊原の姿を、綸太郎は見やった。武芸者とは思えぬほど色白で、華奢《きゃしゃ》な細身に見えた。だが、鋼《はがね》のような腕と足腰をしていることを、綸太郎は承知している。

「榊原様……」

小さく呟《つぶや》いた綸太郎に、石出はさらに声をかけた。

「主殺しは鋸引きだが、いかにも残酷なのでな、今では打ち首と同じく一太刀で仕留めることの方が多いのだ。むろん、信吉は獄門ゆえ、ここで首を落として晒す。後は、切れ味を試すために、胴体を斬ってゆく」

「何故、私にこのような……」

「お奉行から命令されただけで、理由など拙者は知らぬ。だが、そなたも刀の研磨の具合を見届けねば、気が済むまい」

石出に言われるままに、綸太郎は離れた所の床几に座り、目の前で繰り広げられる事態の一部始終を見るハメになった。もちろん目を背けたくなるが、刀剣を扱う者として、堪えねばなるまい。むろん、初めてのことではないが、血が逆流するようだった。

「――うわっ。やめてくれ……た、助けて……おた、お助けを……ひええ！」

先日、大番屋で、減らず口を叩いていた信吉とはまったく違う姿だった。今まさに殺されることに直面して、悲惨に叫ぶのは当然のことであろう。

「ひゃあ！　やめてくれえ！」

信吉の声は牢屋敷内に響いた。これも、わざと咎人《とがにん》たちに聞こえるようにしているのだ。明日は我が身と思わせることで、遠島や所払いの者が、下手に逆らわないように牽制《けんせい》してのことだった。

役人や小者たちが、信吉の体を横にして押さえつけた次の瞬間――ガッと鈍い音がすると同時に、信吉の首が落ちた。骨を打ちつけたから、痛みはないというが、転がった信吉の目はまだ光を放っており、逆さになったまま、綸太郎を見ているようだった。

「…………」

何とも言えぬ寒気が、綸太郎の全身に走り抜けた。

榊原は、すでに物のようになってしまっている信吉の亡骸《なきがら》を、まるで唐竹割りでもするように、気合いとともにバッサリと二度、三度、斬り抜いた。そして、おもむろに血糊《ちのり》を拭うと、元の位置に戻った。

「お見事ッ――！」

石出が張りのある声をかけると、榊原は無言のまま一礼した。牢役人たちは瞑目をしてから、無惨に血飛沫《ちしぶき》を上げて斬られた信吉の亡骸と首を、丁重に運び去った。

粛々《しゆくしゆく》と事が行われたのを見て後、

――これが、処刑といえるのか……。

と綸太郎の胸の内に、怒りがふつふつと湧き上がってきた。思わず立ち上がった綸太郎は、石出に近づき、強く言った。

「まだ生きている生身の人間で、試し斬りをしてよいのですかッ」

「お奉行の命令ゆえな」

文句があるなら、奉行に言えという口ぶりであった。その石出の常に冷ややかな目を睨みつけて、

「こんなことをするために、私は研磨しているのではないッ」

と声をさらに荒らげた。

「そもそも何のために、人の体で試し斬りをするのです。言ってみて下さい」

「なに……？」

「竹や木材、瓦や岩などを断ち切ることができる刀が、人の骨や肉を切り裂くことなど容易であることは道理でしょう」

綸太郎は刀剣は他の武具に比べて、何倍も丹念に手間をかけていると話した。刀は身を守るものゆえ、常に側に置いておくことからして、武器としてだけではなく、初めから〝美しさ〟も極めて作られた。そのため、刀匠だけの技量ではなく、研師、白銀師、鞘師、塗師、装剣金工師ら様々な職人の手を経て、長い時をかけて作られる。

むろん、大本となる砂鉄を木炭で燃やして鉄を得る〝たたら製法〟によって作る玉鋼《たまはがね》が、一番肝心であろう。そこから、折り返し鍛錬や作り込み、焼き入れ

などを繰り返して、〝折れず曲がらず、そして美しい〟刀が完成するのだ。

弓矢や槍《やり》、鉄砲も、もちろん伝統や格式のある匠の技が必要である。だが、元々は合戦の武器であるから、矢が尽き、槍が折れて、身ひとつになったとき、最後の最後の護身のための砦《とりで》が刀なのである。

つまり、刀とは、武士《もののふ》の精神、魂の拠り所なのだ。それゆえ、決して折れたり曲がったりするものでない刀を作らねばならない。

「だからこそ、試し斬りが必要なのではないか？」

石出が問い返すと、綸太郎は毅然と、

「その同田貫正国は、出来上がったときに、なんと岩で試し斬りをしていると、文にも残っています。研磨すれば、その力を発揮できることは、百も承知のはず。ゆえに、試す必要はありません」

「…………」

「新しく作った刀剣であっても、竹や薪藁《まきわら》などで試し斬りをすれば、たとえ死体であっても、人の体を使わぬでもよいはず……鉄砲の試し撃ちのために、人を的にしますか」

綸太郎が今にも食らいつくかのように言うと、石出は何か言い返そうとしたった。「奉行に命じられた」と同じ文言になるのでやめた。その代わり、ズイと立った榊原が言った。

「どうやら、綸太郎殿……おぬしの研磨にして、この業物の妖気は取れなかったとみえる……ついては、今後は〝折紙〟を出すことは控えて貰いたい」

「なんですと……」

「これも、お奉行からの伝言です」

「なるほど、私がここに呼ばれたのは、それが狙いだったのですね」

かつて、綸太郎は、老中の松平定信《まつだいらさだのぶ》を、幕閣から追い落とす一件に関わったことがある。その後、松平信明《のぶあきら》や〝寛政《かんせい》の遺老〟と呼ばれる者が幕政を引き継いだが、公儀目利所の本阿弥家も、綸太郎のことを疎んじていた。

「さようですか……妖気までは拭い切れておりませんでしたか……」

綸太郎は静かにもの申した。

「たしかに大勢の人の血を吸った刀は、目に見える妖気があり、斬られた者の恨みも染み込んでおりますゆえ、その刀を手にした者、あるいは目にした者の心を一瞬、惑わすと言われております」

「…………」

「ですから、中間の松三も思わず刀を抜いたり、それを手にした信吉も悪い気を起こしたり、常軌を逸した行いをしたのかもしれません」

じっと聞いていた榊原は、ゆっくりと立ち上がると同田貫正国を抜き放った。

その唐突な行いに、石出も思わず身構えて、

「何をなさるおつもりじゃ」

と声をかけた。

榊原は摺《す》り足で綸太郎の方へ進み出るなり、裂帛《れっぱく》の気合いを発し、脳天から同田貫を打ち落とした。

一瞬の出来事で、誰も止めることはできなかった。

だが、綸太郎の目の前、わずか一寸でピタリと切っ先は止まり、榊原はすっと体を引くと、そのまま燃える熱い篝火の炎の中に、同田貫を投げ入れた。

バチバチと音を立てて、炭が弾けた。

「――前々から、綸太郎殿に申したように、これを最後の務めとしたい」

「…………」

「刀は人を斬るものではない。綸太郎殿が言うたとおり、身を守るものに過ぎぬ。使い方を間違えてはならぬ。人生が、ちょっとした歯車の狂いで、間違った

方へ転がるように……誤ってしまう」

その榊原の言葉に、里村から聞いていた加藤の不遇や目の前の信吉のこと、綸太郎は思い巡らした。

「持たなければ使わなかった。持たなければ斬らなかった……そういうこともあろう。さほど、刀とは危ういものなのだ」

身を以て何かを伝えようとしている榊原の思いは、綸太郎に痛いほど伝わってきた。刀剣を預かる者として、研磨とは刀の切れ味をよくして、鏡のように輝かせることではない。

――邪気を祓って、人を斬らないようにする。

そのことが、本当の刀剣目利きの務めであることを、榊原は介錯剣法にて教えたかったのかもしれぬ。

にも拘らず、綸太郎はあまりにも不用意に刀剣を手元から離してしまったことを改めて悔いていた。

篝火の中で刀が真っ赤な炎に包まれ、ザワザワと風が刑場を包んだ。火の中の同田貫正国を、綸太郎はいつまでも、見つめているのだった。

第三話　浮世船

一

その怪しげな声を、美津が聞いたのは、毘沙門天《びしゃもんてん》を祀《まつ》る善国寺裏の、小料理屋から追い出された夜だった。

大酒飲みなのは結構だが、いつものことながら酒癖が悪く、料理が不味《まず》いだの客筋が悪いだのとクダを巻き始めたので、我慢しきれなくなった主人に引っ張り出されたのだ。もっとも武芸の心得のある美津は、主人を軽く投げ飛ばしていたが、足下はふらふらで、急な坂道を転がりそうであった。

神楽坂はあまりにも傾斜があるため、幅や奥行きのある階段となっており、丁度、武家駕籠が平衡《へいこう》に持てるように作られている。元々は、牛込見附《うしごめみつけ》から、矢来《やらい》にあった別邸までの間、将軍が往来する道ゆえ、きちんと設えられていたのだ。

「──殺せ……そうだ……ひと思いにだ……あいつが生きていて、良いことはひとつもない……町のダニだ」

というひそひそ声が、美津の耳に飛び込んできたのだ。

酔っ払っているから、何処から聞こえるのか、よく分からず、うつろな目で見廻していた。今し方、小料理屋の客や主人と揉めたばかりだから、自分のことを言われているのかと、不安になった。いつもなら、何処かで酔い潰れていても、綸太郎が迎えにきてくれるのだが、今宵は刀剣目利きの寄合が、日本橋の何処ぞであるらしく、家に帰ってもひとりだった。

「よいな……必ず仕留めるのだぞ……」

しだいに声は明瞭になってくる。美津は怖くないわけではないが、怪しげな言葉が続くので、思わず耳を澄ませた。

すると、すぐ近くの路地の入り口にある、地蔵堂の裏からと分かった。わずかに雲間から漏れている月光で、しゃがみ込んでいるふたりの男の背中が見えた。いずれも職人風のいでたちで、町人髷をしている。話に夢中なのか、美津には気づいていない。

美津は忍び足で天水桶《てんすいおけ》の陰に隠れて、さらにふたりの話に耳をそばだてた。

「あの男は悪い奴だ。色々な女から騙《かた》りで金を……いや、銭金だけじゃねえ、命だって奪ったことがあるんだ」

「命……」

「うまい具合に騙せることもありゃ、力ずくで乱暴を働くこともある。こんな奴が生きてた日にゃ、犠牲になる者が増えるばかりで、世の中のためにならねえ」

「お上に訴え出りゃいいじゃないか」

「何人もがしたよ。だが、騙りの証を立てることはできねえ。悪事の証拠も何ひとつ残さねえ悪い奴なんだ。だから……」

「殺すしかねえと……」

「ああ。もう一度言うぜ、そいつの名は、軽子坂《かるこざか》下の『渡月《とげつ》』って小料理屋に居《い》候《そうろう》している……岩橋藤十郎《いわはしとうじゆうろう》って浪人者だ」

「浪人……」

「なんでも、元はどこぞの藩士だってえが、腕は大したことねえ。大小の刀を筆に持ち替えて、絵師の真似事をしてる」

「絵師……人を騙して、浮世絵でも描いてるんですかねえ」

「おまえの好きな〝あぶな絵〟だそうだぜ。どうせ女をたらしこんで、酷い目に遭わせながら、妙な絵を描いている頭のおかしい奴なんだろうさ。なあ、勘八《かんぱち》……奴をやっつけられるのは、おまえしかいねえ」

「俺しか……でも、失敗したら……」

「させやしねえ。いや、万が一、ヘマをしたとしても俺は責めねえ。それどころか、あの御仁が体を張って守ってくれるだろうよ」

「あの御仁て……？」

「それは……とにかく、安心しな。俺は今までだって、ずっとおまえのことを目に掛けてやってただろ？」

「へえ……感謝してやす……」

そう言って、勘八と呼ばれた男がその場から立ち去った様子が、物陰に潜んでいる美津に分かった。

フンと短い溜息をついて、角兵衛《かくべえ》と呼ばれたもうひとりの男は踵を返した。丁度、美津から見通せる路地を抜けたので、ほんの僅《わず》かの月明かりで、チラリと顔が見えた。

——あの男は……。

何処かで見たことがあると思った。たしか、赤城神社の参道前で、金貸しをしている男だ。言葉を交わしたことはないが、頬に刀傷があるから、この辺りの者なら誰でも知っているはずだ。

随分と物騒なことを言っていたが、やはりタチの悪い男だったのだと、美津は思った。人を殺せなどと、とんでもない奴だ。今すぐにでも首根っこを捕まえて、素性を暴いてやりたいが、凶暴な奴なら返り討ちにされるかもしれぬ。

それよりも、狙われている男を助けるのが先であろう。岩橋藤十郎という名は、聞いたことがあるような気もしたからだ。

「たしか……うちにも、そういう名の絵師の絵が持ち込まれたような気が……」

美津はそう思っていた。とにかく事の是非を確かめるべきだ。たとえ悪党であろうと、闇から闇に葬るような殺しをさせてはならぬと美津は義憤に駆られたのだ。

軽子坂ならば、『咲花堂』のある神楽坂からは目と鼻の先だ。神楽坂は将軍の別邸への通り道だけあって、それなりの風情《ふぜい》があったが、軽子坂の方は神田川の河岸が近く、荷揚げ人足《にんそく》らがたむろする場所柄、活気がある。

勘八とは違う路地を抜けて、美津が『渡月』に駆けつけてきたとき、すでに軒提灯の明かりは落ちていて、表戸は閉まっていた。

まだ、勘八は到着していないようだ。

美津が辺りを見廻していると、裏戸が少し開いているのが目に留まった。考える間もなく、中に入ると、行灯《あんどん》に染まる障子戸の奥には、人影が動いている。

微かに白粉花《おしろいばな》の香りがした。

「もしもし……岩橋藤十郎様でございましょうか……」

と美津が声をかけると、すぐに中から男の声が返ってきた。武家らしく野太い、朗々とした声だった。

「かような刻限に、どなたかな？」

「お命が狙われております」

「なに⁉」

すぐさま障子戸が開いて、姿を現したのは、着流しの凜然《りんぜん》とした、なかなかの男前であった。目鼻立ちがスッキリとしており、役者といっても通じるほどの顔だちだった。

美津はほんの一瞬、ポッと頰を赤らめた。いや、酒で紅潮しているだけだが、飲むと惚れやすくなるのか、急にもじもじとなって、目の置き所もなかった。

「女……一体、誰に狙われているのだ。とにかく、ここでよければ身を隠せ」

「いえ……その……命を狙われているのは、藤十郎様……あなた様でございます」

「俺が？　はて、命を狙われる覚えなどないが……」

首を傾げる藤十郎に、背後から勘八が来ないか案じながら、美津は必死に訴えた。

「たまさか聞いてしまったのです。あなたを殺すと言っていたふたりの男の話を……ですから、一刻も早くにと」

「さようか……しかしな……」

美津の話を信じきれないのか、藤十郎はどうしてよいか困っていると、店の方から、

「どうしたんだい。こんな夜更けに、誰だい……」

と涼しい声がして、これまた浮世絵にでも出てきそうな小粋《こいき》な若い女が現れた。どうやら、『渡月』の女将《おかみ》のようだ。ということは、この若くて綺麗な女の所に居候しているのかと美津は思って、恥じ入ったことが照れ臭くなった。

「とにかく、お命が狙われてますから、気をつけて下さいまし。充分な戸締まりを。ここに来るのは、勘八という奴で、命じたのは神楽坂上、赤城神社前の角兵衛という金貸しです。心当たりはありませんか？」

「いや、別に……」

「私から自身番の方にも届けておきます。ですから、気をつけて下さいね。どう

か、どうか、ご無事でありますように」

そう言って、美津が裏戸から出て行こうとすると、藤十郎が声をかけた。

「お待ちなさい。あなたは……？」

「あ、はい。私は、『神楽坂咲花堂』の美津というものです」

「ああ、綸太郎さんの……」

「姉でございます。弟のことをご存じでしたか」

「もちろんです。ここに来て、私の絵を見て貰ったことがあります。そうでしたか、お姉様……ご丁寧にありがとうございました。では、ご申告どおり、気をつけておきたいと思います。美津さんも帰り道、気をつけて」

「は、はい……」

まだ体中には酒が巡《めぐ》っているので、足下がよろついて裏戸の敷居で躓《つまず》いた。柱に手を掛けて倒れずに済んだが、振り返って軽く頭を下げると、美津は逃げるように立ち去った。

雲間の月光が不気味なくらい鮮《あざ》やかに、軽子坂の路地を射していた。

その一角から――じっと美津を睨んでいる若い男がいた。まだ童顔だが、体つきは屈強で、怖いほど目つきが鋭かった。

二

岩橋藤十郎が、『咲花堂』に顔を見せたのは、その夜から三日目のことであった。手土産《てみやげ》に、かき餅を持参した。

かき餅は、伏見《ふしみ》の報恩院《ほうおういん》が足利《あしかが》将軍に献上していた、柿入りの餅が始まりだという。これを炭火で炙《あぶ》って食べると、香ばしさに秋の味わいも加わって、なんとも言えぬ美味《おい》しさなのである。

「あら嬉しい……これ、私の大好物なんです。京の本店では、今頃、奉公人に振る舞っている頃だと思います」

美津は嬉しそうに受け取り、早速、炭火で焼くと言った。だが、藤十郎はこの前の礼を丁寧に述べた後、

「実は折り入って、お頼みしたいことがありましてな」

「私に……ですか。綸太郎ではなく」

「ええ。美津さんにです」

何事かと戸惑っていると、藤十郎は涼やかな目で、

「あなたの絵を描きたいのでございます」

「私の絵を……」

「はい。ですから、何日か私と一緒に過ごして下さらないでしょうか」

「過ごす……」

「絵を描くには、頭を研ぎ澄まし、体を清めて、すべてを発揮できるようにしておかないといけません。僧侶のように邪心を捨て、穢《けが》れを取り去り、自分の心の深い所にある魂と闘わなくてはならないのです」

「そ、そうでしょうね……」

美津は何と答えてよいか分からなかったが、藤十郎はまるで口説き落とすように、

「この前、あなたがうちに訪ねてきたとき、この人しかいない……私はそう感じたんです。あのときは命を狙われているなどと聞かされ、驚きのあまり何も言うことができませんでしたが、改めてお願いしたい」

「………」

「どうか私の絵のために、力添えをして下さらないでしょうか」

「と、言われましても……」

懸命に切々と訴えてくる藤十郎の態度に、美津はどう応えてよいのか分からなかった。ただ、真剣に求めていることは分かった。

しかし、あの夜、ひそひそ話をしていた角兵衛と勘八という男の声が、ふいに美津の脳裡《のうり》に蘇《よみがえ》った。女を騙して金を奪うとか、時には命を奪うとか、〝あぶな絵〟を描いているとか……そういう言葉を断片的に思い出したのだ。

「実は、美津さん……私はあなたに一目惚れをしたのです」

美津は心の中で、

——ほら来た来た。騙しの第一歩だ。

と思ったが、藤十郎は真剣なまなざしで続けた。

「私は今でこそ、このような形《なり》で絵を描いておりますが、元々は武士で、津軽《つがる》は弘前《ひろさき》藩士でした」

これは本当のことを言っているのだなと、美津は思った。角兵衛たちが話していたことと一致するからである。

「藩士といっても、郷士に近い下っ端も下っ端ですが、重大な任務を帯びておりました。ここで話しても詮ないことですが、追手番《おってばん》という役職で、諸国を巡っていたのです」

追手番というのは、馬廻り組に属する藩士が命じられる役務で、藩領内で起こった事件の下手人などを追捕し、場合によっては打ち捨てる特権も与えられていた。

咎人を追って捕縛、あるいは打ち捨てには、相当の年月がかかるときもある。その際にかかる路銀などの費用は与えられていたものの、事件を解決するまでは帰省が許されておらず、当てもない旅を続けなければならなかった。もちろん、その費用は立て替えて後で支払われるとはいえ、道中、自ら稼がなければならない。

幕府でいえば、八州廻りとか火付盗賊改方に相当する。が、仇討ち同然の先の見えない役目に見切りをつけて、国元に帰らぬまま行方不明になった者もいる。返り討ちに遭った者もいるであろう。

「――そんな厳しいお役目をなさっていたのですか……」

穏やかで美しい風貌から想像できないと、美津は驚きを隠せなかった。

「情けないことに、私は脱落組でしてな。結局、追っていた人殺しを捕らえることができず、こうして江戸に住んでおるのです」

「人殺しを……」

その言葉が、美津の胸に突き刺さった。

「ええ。実は……私の兄が殺されたのです。何者かによってね……ですから、藩の使命を受けるまでもなく、まさに仇討ちだったのですが、それも叶わず、数年の歳月だけが過ぎました」

「そうでしたか。お気の毒に……でも、どうして……」

「絵師なんぞになったかと？」

美津が疑念に思ったことに、藤十郎はすぐさま答えた。

「侍をやってなければ、絵師になりたかったのです。幼い頃から、絵筆を持つのが好きで、無手勝流《むてかつ》ですが日がな一日、描いておりました。それだけが楽しみだったのです。ですから、大小の両刀も、追手番を辞めたときに捨てまして、本当に情けない限りです」

「お兄様の敵を討てなかった心中、お察しします……」

「ですが、お陰で好きな道が開けた。蔦屋《つたや》さんに認めて貰いましてな。僅かではありますが、絵にて糊口を凌げるくらいには……」

「蔦屋って、あの蔦屋重三郎《じゆうざぶろう》、ですか？」

「ええ、そうです」

「まあ……それは素晴らしいことです」

淀《よど》んでいた美津の顔が、あっという間に燦めいた。

蔦屋重三郎とは江戸で指折りの地本問屋であり、版元であった。常盤橋御門前《ときわばしごもん》の日本橋本町一丁目から、まっすぐ両国橋広小路《りょうごくばし》を繋ぐ大通りが、江戸の中心街で、その一角に通油町《とおりあぶらちょう》がある。この界隈《かいわい》には、『鶴屋《つるや》』『村田屋《むらたや》』『奥村《おくむら》』『村松《むらまつ》』など一流の江戸地本問屋がひしめき合っていたが、中でも、『蔦屋』は群を抜いて大きな店構えだった。

『蔦屋』が扱っている地本とは、草双紙や滑稽本《こっけい》、洒落本、人情本などのいわゆる大衆本のことである。〝書物《しょもつ》〟などの難しい学問の本ではなく、絵草紙のように美しい絵や仮名文字を多く使って、特に物語性を豊かに描いたものが多かった。

朋誠堂喜三二《ほうせいどうきさんじ》や大田南畝《おおたなんぽ》という大物戯作者や北尾重政《きたおしげまさ》、恋川春町《こいかわはるまち》など浮世絵師の重鎮はもとより、喜多川歌麿《きたがわうたまろ》、山東京伝《さんとうきょうでん》、滝沢馬琴《たきざわばきん》、十返舎一九《じっぺんしゃいっく》、写楽《しゃらく》など新しい草双紙作者をどんどん起用して、〝蔦重《つたじゅう》〟と親しみをもって呼ばれるほど、大きな版元になっていた。

老中の松平定信からは、かなりの弾圧を受けた。が、定信が失脚してからは、息を吹き返した。たしかに定信は、囲い米や棄捐《きえん》令、人足寄場の設置や七分積金など武家や町人の暮らしに関わる〝経済景気対策〟は悪くなかった。しかし、〝文教振興〟の名目のもと、まさに〝思想統制〟を強行した。幕政を批判する者たちは、綱紀粛正のもと、次々と弾圧され、蔦屋も財産を没収されるなど酷い目に遭ったものだった。

しかし、庶民の底力は凄い。蔦屋重三郎は、暗い世の中を明るくするために、お上との対決姿勢を見せていた。洒落っけのある〝狂歌連〟を作って、御政道批判を続けていたのだ。狂歌とは元々は、平安時代からある落書《らくしょ》に発すると言われているが、韻律を踏みながら、穿《うが》ちと笑いを含ませ、機知や滑稽でもって、悪い風潮を笑い飛ばすのだ。それゆえ、蔦屋から出される黄表紙や洒落本も、面白かったのであろう。

「その蔦屋さんから、私の絵を出して下さることになりましてな……いえ、挿絵ではなく、絵だけのものなんです」

「絵だけ……私なんぞ、美人画には相応《ふさわ》しくないと思いますが……」

「そんなことはありません。ぜひ、お願い致します。あ、そうだ」

藤十郎はポンと手を叩いて、

「今から、何か美味しいものでも如何でしょう。鰻《うなぎ》の蒲焼《かばや》きでもいいし、スッポン鍋でもいい。如何でしょうかねえ」

「でも……そんなに精をつけても……」

美津ははにかみながらも、袖をふらふら振りながら、藤十郎を上目遣いで見た。

「お酒もちょっぴり……」

「もちろん、灘《なだ》の生一本《きいっぽん》を置いてある店を知っております。ささ、参りましょう」

まるで小娘でもあしらうように、藤十郎は美津の手を引いて出て行こうとした。すると、奥から出てきた綸太郎が声をかけた。

「藤十郎様。姉貴の肌なんぞ、誰も見ますまい」

「え……？」

振り返ったのは、美津の方だった。

「なんだい、綸太郎。どういうことだい」

「なに、藤十郎様といや、磯田湖龍斎《いそだこりゅうさい》という押しも押されぬ春画の大先生だ。ですよね、藤十郎様」

「――あれ？　その話、綸太郎さんにしましたかな」

すっ惚けたような口調で、藤十郎は聞き返した。すぐさま綸太郎は、

「いいえ。いつぞや、あなたの絵を拝見に伺ったとき、もしかしたらと思ったのです。私に見せてくれたのは、風景画でしたが、絵師には筆遣いの癖があって、強弱や濃淡や深浅、それに速さなどから、何となく分かるものです」

「…………」

「あなたは、鈴木春信《すずきはるのぶ》の影響を受けただけではなく、錦絵《にしきえ》の絵師として成功されていた鈴木春信の跡を継ぐように描いてらっしゃる。なので、身分や素性を伏せても、分かる人には分かると思いますよ」

「これは畏れ入ったな……さすがは、『咲花堂』さんだ。参った参った」

と頭を掻きながら、藤十郎は笑った。

「――ということは、つまり……私の裸の絵を描きたいということですか」

美津が尋ねると、藤十郎は申し訳なさそうに、

「正直に言って、そういうことです」

「そういうことならば……断固、お引き受けいたしますッ」

と表情を強張らせながら、美津は言った。綸太郎は目を丸くして、

「何をそんな……三度も出戻りを繰り返した姉貴の肌なんぞ、誰が見るものですか」

「これ。人の恋路の邪魔をせんといて」

「恋路……？」

「私はね、綸太郎……先日、藤十郎さんにお目に掛かって、これが最後の恋と心に決めていたのどす。もちろん、『渡月』の女将さんという、いい人がいることは承知しています。そやけど、片思いであっても恋は恋。私は、まっとうしますからね、綸太郎！」

猛然と言ってのけた美津を、藤十郎も吃驚した顔で見ていたが、

「ああ、美津さん……『渡月』の女将なら、あれは妹です。情女《いろ》なんかじゃありませんから、お気遣いなく」

嘘だとは分かっていた。だが、美津はあえて問い詰めず、

「えっ、そうなの⁉ そやったら、堂々とできるんですね。ええ、堂々と！」

と笑った。美津は恋心を仄《ほの》かに燃やすというよりも、欲情を発露しているようで、綸太郎には何とも複雑な思いが過《よぎ》った。

三

猿屋町《さるやちょう》会所は、松平定信が寛政《かんせい》元年（一七八九）に作った、旗本救済を目的とした貸付会所である。

いわば、何処も貸し手がなくなった旗本に対して、借金をできるようにする幕府が後ろ盾の金融業者である。間口二十間に、奥行き二十五間というのは、豪商の大店よりも大きく、勘定奉行の勝手方の役人が数人出てきているから、一際威厳があった。資金を提供するのは、札差である。

貸し金は、年利にして、一両につき銀六分というから、法定利息より高いが、町の金融業者に比べれば遥かに安い。

ゆえに、この会所で借りた金で、町の両替商などに返済して一息つく旗本御家人も多かった。複数の金貸しから借りているものは、借金を一本化して、これまでの法定利息を超えて取りすぎた分まで、取り返してくれた。

幕府の出先機関から要求されると、両替商や町の金貸しなどは従わざるを得なかったが、早い話が札差を儲けさせる仕組みに他ならなかった。

とはいえ、元々は、旗本や御家人が、札差から借りた金を返せないから、始まった制度ゆえ、札差が大得をするわけではない。確実に返済するようにしたかっただけである。

それに、金の貸し借りの会所であるから、利息を安くして貰うための賄賂《まいない》など、あってはならぬ不正も生じるゆえ、与力や同心が、毎日交代で見廻っている。

この日も――猿屋町会所見廻り与力の室田左之亮《むろたさのすけ》が立ち寄って、何か不正がないか睨みをきかせていた。その目つきたるや獣のように光っており、大柄なせいか、少し猫背で首廻りの肉付きの良さが、相撲取《すもうと》りのようだった。

手下の同心たちもびくつくような野太い声を発する室田は、会所の役人や手代たちに声をかけてから、

「よいか。ここは金儲けをするためにあるのではない。あくまでも、旗本御家人を救うための会所ゆえ、決して町人なんぞに貸し付けてはならぬ」

と強く言った。

というのは、旗本や御家人が名義貸しをして借金し、それを町人などに又貸しして、利息の差額を懐にしている阿漕《あこぎ》な幕臣もいたからだ。資金繰りに困った規

模の小さな商人なども、この制度をうまく利用して、融資を受けたりしているのだ。

「さようなことをすれば御定法によって裁かれるぞ。下手をすれば騙りと同じ。死罪もあるゆえ、ゆめゆめ忘れるな」

いかにも厳格な態度の室田に、誰もが肩を竦《すく》めた。

ひとしきり説教を垂れて表に出たとき、

「旦那。お待ちしておりました」

と声をかけた遊び人風の男がいた。室田が振り向くと、〝あぶの文左〟がいた。卑屈そうに腰を屈めて近づきながら、

「あっしですよ。神楽坂上の角兵衛さんにお世話になってる、文左でやす」

「なんだ、おまえか……」

「ご挨拶でやすね。それより、この前、お話ししたこと、考えて頂いたでしょうか。旦那にしか相談できねえから、こうしてお頼みしてるんでやすよ」

「無理だと言うたはずだが」

「そこをなんとか……旦那にも悪い話じゃないと思いやすがねえ」

悪い話ではない。文左のその言い草が、どことなくきな臭い感じがした。事

実、相手の出方を待っているような目で、文左が見上げていると、室田は面倒臭そうに、

「——そこまで、顔を貸せ」

「へえ。ようござんす。けど、後ろから急にバッサリってのは、御免ですぜ」

「俺がそんな男に見えるのか」

「まさか。けど、あっしは優しい顔をして、いきなり刃物を突きつけてくる輩は、ゴマンと見てきやしたんで、へえ」

下手に出ているが、文左の目つきは室田に負けぬくらい鋭い。

「いいから、来い。もう少し詳しく、話を聞いてやろうではないか」

大きな背中を向けて歩き出す室田の後を、文左は中間か小者のように追いかけた。

真っ昼間から酒を飲んでいるのは、日雇いにあぶれたものか、金に余裕のあるどこぞの若旦那くらいであろう。昔は、朝早く働いて、昼の午《うま》の刻を過ぎた頃には、湯屋に行って汗を流してから、一杯やってたらしい。だが、後にいう〝寛政の改革〟とやらで、庶民は働きづめになっていた。

夕暮れになるまで働くのは、いかにも体に悪い。しかも、普請場などでは、日

雇いが増えるから、周旋屋から上前をはねられたり、ろくなことはなかった。

「世の中、ちっとも景気が良くならねえ。だから、旗本の偉い人でも、借金しなきゃならないんじゃありやせんか」

文左が声をかけると、余計なことは言うなと野太い声で室田は返事をし、そのまま大きな赤提灯を掲げている飲み屋に入った。

「昼間から飲める奴は、ここにもいた。それが、お役人とはねえ」

つぶやく文左に、室田が振り返った。

「なに?」

「いいえ、なんでもありやせん」

奥の階段から二階の座敷に上がると、ガランとしていて、客は他にいなかった。

窓辺の手摺《てす》りから眺めると、日本橋の通りというのは、甍《いらか》がズラリと真っ直ぐ並んで、なかなか壮観である。心地よい海風もあいまって、ちょっとしたお大尽気分である。

すぐさま小女が、燗酒《かんざけ》を数本運んできて、室田の前の高膳に置いた。

「秋刀魚《さんま》の塩焼きと、鮃《ひらめ》の揚げたのを持ってきてくれ。椎茸《しいたけ》と百合根《ゆりね》などの菜の物も見繕《みつくろ》ってな。ああ、それから沖漬けも頼む」

「お天道様が高いうちから、いいご身分でやすねえ、旦那」

「外廻りだ。これくらいの役得は構わぬだろう」

「へえ。でも、もっといい役得があると思うんですがねえ。この前の話ですがね……」

文左が言いかけると、襖を閉めておけと、室田は命じた。それに従って、文左は膝を整えて座り直し、室田に酌をしながら、

「覚えておいでですか。この前、お話ししたことを」

「富札のことかい」

「へえ」

「だから、それは寺社奉行差配で行われることだから、猿屋町会所じゃ無理だと話しただろうがッ」

突っぱねるような仕種で言うと、室田はぐいと酒を呷《あお》って杯を突きだした。文左はそれに銚子を傾けながら、

「ですから、前にも言いましたが、富籤《とみくじ》ではなく、富札ですよ」

「似たようなものじゃねえか」

「全然、違います。いいですかい、旦那。人の話はキチンと聞いて下さい」

文左は手酌で飲みながら、

「富籤の富札のことではありやせん。新しい言葉を作るとしたら、富株でも、富紙でもいいですよ。とにかく、籤じゃねえんです。いや、籤引きにはなるかもしれやせんが、誰かひとりが大儲けするって話じゃなくて、みんなが、公平に儲けるって仕組みです」

「みんなが公平に儲ける……ふはは。そんなうまい話があるもんか。てめえ、騙りか」

「こういうカラクリです。切米手形がありますよね、札差が扱う。あれには俸禄米の石高や俵数が書いてあるだけで、値はその時々の相場で決まりやすね」

「ああ……」

「同じ三十俵でも、去年と今年じゃ値打ちが変わる。それと同じ理屈でね、富札にはたとえば、十両と書いていたとしますか。でも、関東の金使いと上方の銀使いだから、両替するときには、相場の違いで、損得が生じますなあ」

「さよう。だからこそ、商人は両替の好機を窺《うかが》っておるのであろう？」

「ええ。ですから、同じ一両でも銀に換えた方がよいときもあれば、銀にしていたのを小判に換えた方がいいときもある。その差額で、儲けようって話です」

「だから、それで儲けてるのが両替商ではないか」

呆れたように繰り返す室田に、ニタリと笑いかけて、文左は言った。

「ところが、その十両の富札が、二十両になったらどうです。百両の富札が、二百両になったら……もちろん逆もあるかもしれやせんよ？　でもね、そこがカラクリなんです」

「………」

「仮に十両を、ある大店に貸し与えたとしますな。その代わりに、十両の富札を貰い受けます。その大店が儲かれば儲かるほど、富札の値打ちが上がり、交換すれば金が増えるわけです」

今で言えば、株式投資みたいなものであろうか。

「で、もしその商家が金山を探し当てたりすれば、一挙に五倍十倍になるかもしれない。そうやって、我々、商いをしない人間が、商人を後押しして、儲けようって仕組みです」

「そんなことが、上手く行くかな」

「上方では、その例があるじゃないですか。大名の中には、商いによって藩札の値打ちを上げ、領民が潤《うるお》った所もありますよ」

「……その仕組みを、猿屋町会所でやれと？」

「ええ。簡単な話です。旗本や御家人に貸し与えた金から利子が生じますから、それを富札に当てて、さらに売り出すのです」

「………」

「どのくらいの金を、どの大店に出すのか……ということを、猿屋町会所で請け負えば、その手数料だけで儲かりますよ」

「手数料……」

「そりゃ、両替商だって、手数料を取りますからね。その手数料の部分を、あっしが頂けないかと考えてるんです」

文左の目がギラリとなると、室田の口元が卑しく歪んで、

「仕組みを考えた代わりに、金を寄越せと？」

「へえ。あっしは今まで、そうやって生きてきやしたしね。人から、いい考えだけを取って、ただで済まそうって方がおかしいでしょ……室田の旦那も大儲けができると思いますよ」

「俺も……？」

「ええ。元締めは猿屋町会所なんですから、旦那の懐にも……今のような、しょぼい金貸しから、裏金を巻き上げる程度の悪さじゃなくて、ゴッソリと合法で稼げますよ」

「なに……」

俄《にわか》に室田の表情が強張ったが、文左はそうなることを予《あらかじ》め読んでいたのか、

「あっしはね……旦那は、もっと悪いことをしてきた人間じゃねえか……そう踏んでいるんです。猿屋町会所見廻りなのに、その金をくすねるなんざ、しょぼい悪さは、もうやめましょうよ」

「…………」

「どうせなら、もう少し割のいいことをしようじゃありやせんか。しかも、手が後ろに廻ることもないことで」

と文左はほくそ笑んだ。室田のことを、臑《すね》に傷を持つ人間であろうと見抜いているかのような表情だ。その文左の底知れぬ不気味な態度が、室田を突き動かしたのか、短い溜息をついて、

「――面白い奴だな……だが、俺を舐《な》めるんじゃないぞ。俺を脅《おど》そうなんてことを、考えたら……分かっておるな」

と刀の鯉口《こいぐち》を切ってみせた。だが、儲け話に乗ったという笑みは浮かべた。

文左も間《あい》の手を打つように、もう一杯と酌をした。

四

「なんやかや言うても、役人てのは鼻薬を嗅がせると、脆《もろ》いもんやなあ……」

泉州《せんしゅう》の出である文左は、上方訛《なま》りでひとりごちると、捕らぬ狸《たぬき》の皮算用を、早速始めていた。猿屋町会所で扱う旗本御家人の借金はざっと二十万両。その利子だけで、三万六千両。そのうち、富札に使うのは一万二千両。自分の取り分が、二万四千両と頭の中で弾いてから、

「毎年これだけありゃ、日本橋にだって大店を出せるやないか。ああ、富札問屋『紀国屋』ってなあ、どうだ。ウハハ。濡れ手で粟《あわ》とはこのことだア」

と手を叩いた。なにしろ、自分は一文の金も出すわけではない。金を廻してやり、その利鞘から手数料を貰うのだから、こんな旨味のある話はない。

「おう、親子揃うて仲良う飛んでいく。あの雁《がん》の群れにも、小判のひとつやふたつ、分けてやりたいものよのう」

嬉しそうに六方を踏む真似をしていた文左の目が、行く手の橋の上に、すうっと吸い寄せられた。薄暗くてよく見えないが、若い娘が欄干《らんかん》を越えて、川に飛び降りようとしている。思わず文左は、

「待ちなさい——」

と声をかけようとしたが、少しためらった。

これまで何度も、そうやって親切にしたのに、騙されてカラケツにされたことがある。しかし、本当にそのまま落ちたら、水が少ないから頭を打って死んでしまうかもしれぬ。

「おい、待て待て。バカなことをするんじゃないよ、娘さん！」

駆け寄った文左を一瞬だけ振り返ったが、若い娘は思い切ったように、体を宙に浮かせた。寸前、振袖を摑んで、文左は引き寄せた。ビリッと身八つ口の辺りが破れたようだが、懸命に抱きついて、

「無茶なことをするのやない。死んで花実が咲くもんかい」

「放して下さい。私なんか生きてても、もう仕方がない女なんです。どうか……死なせて下さいまし」

「はいそうですかと言う奴はおらん。さあ、こっちに来なッ」

強く引き寄せ救い出すと、女の顔を見て、アッと文左は凍りついた。

年の頃は、十八、九。なんとも言えぬ美形ではないか。まさに浮世絵に出てくるような、可憐な面立ちをしている。世を儚《はかな》むとは、よほどのことがあるに違いない。

「――お、お、女……な、なんで、そ、そんなに……し、死に急ぐのや……お、俺が、は、は、話だけでも聞いてやる、から……」

少し可愛らしい女人に接するだけでも、急に緊張する文左だが、此度は全身が震えて止まらぬくらい言葉も上擦った。

「大丈夫ですか？」

相手の娘の方が驚いて、文左の顔をまじまじと見た。

「あ、あぁ……ひ、ひ、人のことを案ずるくらいなら……も、もう大丈夫だ……」

文左は半ば強引に、近場にある顔馴染みの蕎麦《そば》屋に連れていった。歩く姿を誰かが見れば、女の方が、具合の悪い男を介抱しているように見えたかもしれぬ。

縄のれんを潜ると、すぐに酒を頼んで、文左はグイッと飲み干した。

「ふう……一息ついた……」

その様子を見ていた女は、笑いを噛みしめるように、

「助かりました。私にも一杯、いただけますか。すっかり喉が渇いてしまって」

「お、おう……ねえちゃんもイケる口か。ならば、今宵はとことん付き合うぜ。川に飛び込みたい気持ち、この俺でよけりゃ、聞いてやろうじゃねえか」

と酌をした。室田と杯を重ねた後だったが、すっかり酔いは吹っ飛んでいたから、文左も何杯か喉を鳴らして飲んで、

「やっぱり、酒は綺麗な姉ちゃんと一緒に限るなあ……俺は、文左ってケチな野郎だが、神楽坂の長屋に住んでる」

「神楽坂……」

「ちょいと縁があってな。で、おまえさんは？　身なりを見りゃ、それなりの大店の娘さんのようだが？」

「志織《しおり》と申します」

「ああ、志織さん……なるほど、いかにも、そんな感じだあ。さあさあ、もう一杯」

「父は、京橋《きょうばし》で、それなりの小間物問屋をしているのですが……家を追い出さ

れてしまったのです」

「追い出された？　志織さんが……」

「ええ。私が悪いんです。男手ひとつで育ててくれたのに、父の言うことをろくに聞きもしない娘になったから」

「おっ母さん……いや、お母上は？」

「母は産後の肥立ちが悪くて……ですから、父には感謝をしてました。でも、あの人に会ってしまったのです」

文左には人を安心させる気やすさがあるのであろう。初対面であるのに、志織は訊かれもしないことを、酒の力もあいまって、次々と話した。

「あの人……というのは？」

「岩橋藤十郎って名の浪人……それよりも、磯田湖龍斎……と言った方が通じるかもしれませんねえ」

「えっ？　あの浮世絵師の？」

「ご存じでしたか」

「存じてるもなにも、俺ア、毎晩のように、その〝あぶな絵〟……」

と言いかけたが、文左は杯で口を湿らせて、

「そんなものは、めったに見ることはねえが、男だからねえ……その磯田湖龍斎こと、岩橋藤十郎に会ったのが、なんだってんだ」

「私の絵を描きたいとしつこく言い寄られて……でも、私、そんなことできるわけがないと断ったんです。でも、あの手この手で言い寄られて……」

「あの手この手って、そっちの方が気になるじゃねえか、よう……俺だって、『色道《しきどう》取組《とつくみ》十《じゅう》二《に》番《つがい》』は、ありゃ、良かったなあ。何度見ても役に立つ、うん。それから、『風流《ふうりゅう》十《じゅう》二《に》季《き》の栄花《えいが》』……これは裸だけじゃなくてよ、相思相愛の男と女が、縁起の良い夢を見ながら旅をするんだ……ああ、春画といっても、なかなか粋《いき》なもんだぜ」

「随分と詳しいですね」

「嫌いじゃねえぜ……酒が廻ったから、ちょいとばかり、なんか変な気分になってきたなあ……あ、いけねえ、いけねえ」

美人の志織に見つめられると、酔いが醒《さ》めるほど、また緊張した。

それから、志織は、藤十郎に着物を脱がされ、何度も丸裸にされて、絵を描かれたという。時には、性交渉をしながら筆を執るときもあったし、誰か他の男とまぐわせている間に描くこともあったという。

「絵師の中には、そういうことをする奴もいるとは聞いたことがあるが……いや、俺には想像だにできねえ。それが、嫌で逃げ出したのかい、藤十郎から」

「いいえ。私の方が、藤十郎さんに惚れたんです。ずっと離れたくなかった。けれど、そのことが父にバレてしまい……」

「そりゃ、カンカンだろうぜ」

「はい。怒るの段ではありませんでした。すぐさま、相手の屋敷に怒鳴り込んで、ぶん殴りました。事と次第では、刺し殺すとまで……」

「だろうな」

文左はまだ若いが、こんな可愛らしい娘を持つ親の気持ちの方が理解できた。

「俺が親なら、絵師の腕をへし折ってるな、たぶん」

「でもね……ふふ……」

何が可笑しいのか、くくっと喉の奥を鳴らすように、志織は微笑んだ。

「笑ってしまうのは、父は磯田湖龍斎の〝あぶな絵〟が大好きで、私を描いたと知らずに、見ていたのもあるんです」

「——こりゃ、たまらんなあ……」

「だから、私……いっそのこと、藤十郎さんと一緒になりたいって、父に言ったんです。そしたら、藤十郎さん……」

「何て言ったんだい」

「………」

「分かった。捨てたんだな。おまえはもう描き飽きたとか、何とか言って」

文左が言ったのが図星だったのか、志織は俄に泣き出した。死ぬと覚悟したくらいだから、ずっと我慢をしていたのだろう。酒が感情を乱したのか、わあわあと泣いて、

「私は……バカなことをした……藤十郎さんのことは、もうどうでもいい……でも、父には悪いことをした気がして……けれど、何度、どう謝っても、許してくれなくて……」

と言いながら、文左に縋《すが》りついてきた。蕎麦屋に他に客はいないが、主人が迷惑そうな顔で見ている。

「分かった、分かった……親父さんには、俺から話を……いや、俺が話しに行くと余計、ややこしくなるかもしれねえから……ああ、そうだ丁度良い人がいた」

「え……」

「神楽坂に『咲花堂』って刀剣目利きがいるんだ。骨董も扱ってる。この御仁な

ら、大抵の揉め事を解決してくれるから、大船に乗ったつもりでいるがいい」

「…………」

「けど、藤十郎の方は、俺が始末つけてやらあ。きっと、他にも、おまえさんと同じような目に遭ってる女がいるに違えねえ」

「だと思います……」

「そういう輩が一番、嫌いなんだよッ。女の操《みさお》や純情を汚して、踏み潰すような輩を見ると、俺はどうでも叩きのめしてやらねえと、腹の虫が治まらないんだ」

「そんな乱暴は……」

「とにかく、おまえさんは死んだりしちゃ、ダメだ。実家に帰ることができるよう、『咲花堂』の主人に頼んでやるからよ」

文左は胸を叩いた。が、まだ会ってもいない人に身を託すことはできない。そんな顔をしている志織に、

「おまえさんだって、初対面の俺に、心の裡を話してくれたじゃねえか。どうしてだい」

「それは……命の恩人だからです」

「そ、そ、そうかい……ああ、俺に任しておきな。悪いようにはしねえからよ……なんだか、今日はいい月が拝めそうだなあ」

障子戸を開けると、どんよりと曇《くも》って、黒い空が広がっているだけであった。

五

ピチャピチャと波音が聞こえ、障子窓からは川風が、ゆるやかに忍び込んでくる。

真っ赤な夕焼けから、紫色の宵闇に変わる隅田川《すみだがわ》は、河口からの逆流で波立っていた。潮の香がするのは、海水が混じっているからだ。

「──寒い……秋風も、すっかり冷とうなってしまいましたねえ」

河畔《かはん》の船宿の二階である。手摺りに凭《もた》れて、湯上がりの火照った躰《からだ》を川風にさらしながら、美津は浴衣の襟元《えりもと》をずらしていた。餅のように白く豊かな胸のふくらみが、ゆったりと波を打っている。

そんな美津を目の前にして、藤十郎は煙草盆《たばこぼん》の前に座って、左手の傷をさすっていた。慣れぬ手つきの彫刻刀で、版木を彫ったりしていたから、少し怪我をしたのだ。

「まだ痛いのどすか?」

「それより、やるのか、やんねえのか、ええ?」

冗談まじりの優しい声で煙管《キセル》をポンと叩いた藤十郎を、美津は振り向きもせず、

「いややわあ。そんな野暮な言い草は……それに、こんな年増をからかうと、ほんとに大火傷をしますよ」

と、ふざけた態度で返した。

微笑み返した藤十郎は、まだ湯気が立っている美津の白い肌を描いているのだが、言葉巧《たく》みに艶《つや》っぽい姿勢にさせている。

むろん、本当の美津と藤十郎の関わりではない。

——ほんの一刻前に知り合ったばかりの男と女……。

という設定である。

藤十郎の方は廻り髪結いか何かで、一目惚れで口説いているという設定である。芝居がかったことをしながら描くのが、藤十郎の手法であり、それが磯田湖龍斎という絵師の力強い絵となっているのであろう。

「俺とあんたが知り合ったきっかけは、ちょいとしたことだ。そうさねえ……賭場で負けて、浅草寺《せんそうじ》あたりの境内をぶらついてたら、美津さんと出会い頭にぶつかって、その弾みで、あんたが足首をねじって倒れた……とっさに助け起こしたんだが、悲鳴もあげず、ただ苦痛にゆがんだ美津さんの顔が妙に艶《なま》めかしくって、着物の裾から見えた足は透き通るように真っ白でよ。俺はそれにゾッコン惚れた……って設定だ」

「ほんと……なんだか、やですよう」

「照れちゃ、芝居にならないよ」

「けどさ、私なんか三十路《みそじ》をとうに過ぎた大年増ですよ。芝居とはいえ、若い娘の真似なんざ、ちょいと……」

「若い娘にすることはない。年も姿も、美津さんのまんまでいいんだ。俺は本当に、美津さんのあるがままに惚れたんだからよ」

　嘘か誠か分からぬ口調で、藤十郎は言うと、美津も本気にしたように微笑んだ。

　藤十郎とて、本当は小娘にはあまり興味はなかった。脂《あぶら》が乗り切った熟女を見ると、思わずちょっかいを出したくなる癖があった。だが、美津には、なぜか気やすく声をかけそびれた。大きく澄んだ瞳、すっと通った鼻筋、かすかに開いた形のよい唇が、いい塩梅《あんばい》に整っている。年増ではあるが、実に絵になるいい女だと、藤十郎は思っていたというのだ。

藤十郎が手を差しのべると、美津は眉をひそめながら微笑みかけた。その仕種が、藤十郎には愛らしく、抱き寄せたい衝動に突き上げられた。

「――藤十郎様……」

蚊が鳴くような声になる美津を眺めながら、藤十郎は絵筆を速める。しゃがみこんで背を向ける美津に、藤十郎は息をのみ、

「いいねえ……凄くいいですよ……俺は人に親切を施したことなど一度もない、冷たい男……病人や女子供が困っていても、知らん顔の男……だけど、あんたには心惹かれるものがあったんだ」

相変わらず本気なのか作り話なのか、藤十郎は切なげな声で続けた。

「俺はね、美津さん……人を斬るのが商売みたいなものだったんだ」

「商売……」

「生まれたのが津軽の下級武士の家でね。〝追手番〟という、咎人を追い詰めて捕縛するか斬る務めだったんだ」

「………」

「ああ、その話は、もうしたっけねえ……でね、咎人を追いかけたのだが、結局、見つからず仕舞いで、国元に帰るに帰れず、手慰みに始めたのが、この商売……お陰で、磯田湖龍斎といや、少しは知られた絵師になって、あんたとも、こうして縁ができた」

水音がひたひたとする。美津も芝居なのか事実なのか分からないふうに、黙って聞いていた。ほんのり酒も入っている。

「こう見えて、剣術には少々、自信はあったんだけれど、江戸に来ても使い道がない。それこそ賭場に入り浸っているうちに、悪い仲間に誘われて、金で人殺しを請け負ったこともある……ありゃ、実に後味が悪いねえ」

「………」

「だけど、そんな俺を拾ってくれたのが、蔦屋重三郎さんだ……絵筆なんざ、手慰み程度の腕前ゆえな、大した絵は描けなかったが、運良く売れた……だから、武士であったことは忘れ、こうして楽しいことだけをして暮らしてるんだよ」

「——そうでしたか……」

美津は適当に話を合わせるしかなかった。

「しかし、我ながら、どうして、こんな人間になってしまったのかと思う時もある」

「こんな人間……？」

「まともな仕事は何ひとつせず、賭場でサイコロや札をいじっているか、酒を浴びるほど飲んでいるか、女を抱いているか、それだけの男だ。時に喧嘩をしても、咎人になることもなかった……三度の飯より好きな女と、こうしているだけで嬉しいんだよ」

小娘から、五十過ぎの大年増まで、藤十郎と体を重ねた女は、百人を下らない。しかも素人《しろうと》だけだ。玄人《くろうと》や一晩きりの女を足せば、その数は分からない。つまり、藤十郎は女の体は好きだが、心の中はどうでもいい。女の考えている小さな幸せなんぞは、大嫌いだった。ただただ、欲望のままに動いているだけだったのだ。

道端で出会った男と女が、ただ一度だけ、ゆきずりに交わる。これこそが、もっともしぜんの行いだ……などと藤十郎が言うと、美津はトロンとした目になって、

「またまた、やですよう……妙なお芝居はやめましょうよ……本当に何を考えて

るのか分からなくなりましたよ……まだ絵は描き終えないんどすか」

美津は体を起こして障子窓を閉じると、藤十郎の手から筆を取り上げて、紙を見てみた。すると、そこには見事な〝あぶな絵〟が描かれていた。乱れた着物の白い女体に、得体の知れない化け物のような大きな蜘蛛《くも》が、絡みついているような絵だった。

「気持ち悪い……こんなものを……」

と驚く美津に、藤十郎は想像しながら描いていたと話した。

「近頃は、化け物流行《ばや》りでね。百鬼夜行のような恐ろしい絵も売れ筋なので、艶っぽいのと合わせると売れるんだよ」

肩を摑もうとする藤十郎の腕をすりぬけて、美津は高膳の前に座った。膳には、鰻の白焼と潮汁がこぢんまりある。美津は指先で、ひとくち大の鰻の白焼をつまむと、藤十郎の口に運びながら、

「もう疲れてしまいました……」

「そうですね。では、そろそろ……」

「…………」

「女は、頭じゃなくて、下っ腹で物事を考えてるから、ややこしくって仕方がな

い。けれど、美津さんのように、サッパリした気性の女は……珍しくてよ」

「珍しい？」

曖昧《あいまい》に微笑むと、美津は手酌で酒を飲んで、濡れた髪をとめていた銀の簪《かんざし》をはずした。乱れたまま肩に落ちる髪に、藤十郎はそっと触れてみた。その艶やかで豊かな黒髪を撫《な》で、濡れたうなじを指でかきあげながら、

「そろそろ……」

と藤十郎は耳元で囁《ささや》いた。

「──そろそろ……？」

「床入りだよ」

緊張と期待が入り混じった目になった美津が、少し上擦った声になったとき、ドスンと衝撃があって、屋形船が何かにぶつかった。弾みで、美津は藤十郎に摑まると、

「旦那。着きやしたぜ」

艫《とも》から、船頭が声をかけてきた。床入りとは、船が船着場に帰ったときのことをいう。もちろん、船宿に戻ってシッポリと濡れる意味合いもある。

ときめく心を抑えながら、船頭に手を引かれて屋形船から下りた美津が見たの

は、桟橋灯籠に浮かぶ文左の姿だった。

「――おや、文左……何をしているのや、こんな所で……」

「あれ⁉ 美津さん。あんたこそ、どうして……もしかして藤十郎と⁉」

素《す》っ頓狂《とんきょう》な声を上げた文左は、後から出てきた藤十郎の姿を認めるなり、「てめえ、このやろう、承知しねえぞ！」といきなり乱暴に突っかかった。

「⁉――」

藤十郎も武芸者である。ひょいと躱《かわ》そうとしたが、文左も腕には覚えがあるから、ガッと組みついて、そのまま桟橋の上に倒れ、一、二、三発、相手の顔面に拳《こぶし》を食らわせた。

「やめなさい、文左ッ。その人は、違うのよ。違うの、私には指一本、触れてないわ」

「当たり前だッ。美津さんみたいな化け物に誰が触るか！」

「なっ……」

「俺が怒ってんのは、まだ世間のこともろくに知らねえ小娘を誑《たぶら》かしてやがるからだよ。おう！　藤十郎！　てめえのあそこを使えねえようにしてやっから、覚悟しやがれ！」

文左が思い切り、藤十郎の股間に拳を打ち落とそうとした。その腕をぐいっとねじあげて、美津は文左を川に投げ落とした。

六

たまさか船止めの杭《くい》で頭を打ち、意識を失った文左が引き上げられて、船宿の板間に寝かされたのは、そのすぐ直後のことだ。四半刻もしないうちに目を覚ましたが、

——ここは何処だ。俺は誰だ。

と文左は、しばらく呆然としていた。

呆れ果てた美津だが、丁寧に話しかけていると、文左は隣で心配そうに見ている藤十郎の顔を見て、アッと思い出して、さらに摑みかかろうとした。

その額を、美津はビシッと叩き、

「おかしな人だねえ。なんだって、藤十郎さんを目の敵にするんどす。ハッキリと訳を言いなさい、訳を」

「上等だ。言ってやらあな。この事情は、美津さん、あんたの弟君の綸太郎さん

も、篤《とく》と承知しているからな。すでに、志織ってその小娘を実家に連れて帰って、きちんと仲を取り持ってくれてる」

「な、なんの話だい……」

「その男の正体だよ。絵を描くために、女をたらしこんでは、捨てるのさ。もしかして、美津さんも口説かれたかい？」

「え、いえ、そんな……」

ポッと赤らんだ美津の顔を見て、文左は手を振りながら、

「姐さん、そりゃ幾らなんでも身の程知らずってもんだ」

「なんだって!?」

怒りに震える美津を宥《なだ》めながら、

「だよな、藤十郎さんよ」

と訊いた。だが、藤十郎は素直に、心底、美津に惚れたのだと言った。その口ぶりが、文左にはいかにも嘘くさかったので、また摑みかかろうとしたが、今度は踏みとどまり、

「志織って女、覚えてるよな。小間物問屋の娘だよ」

「はて……」

「だろうな。相手が多すぎて、何処の誰か、名前も顔も覚えちゃいないんだろうぜ。あんたが描き散らした、通りすがりの草花の名も色も覚えていないように な」

「上手いことを言うなあ」

「茶化すんじゃねえ。こちとら、てめえのその面の皮をひんめくって、謝らせてやるんだよ、スットコドッコイ」

「――おまえさんは、志織の何なんだい?」

「何でもねえよ。だが、許すことはできないんだよ、このやろうッ」

文左は出会った志織のことや、色々と聞いた話を吐き出して、

「なあ、美津さん。こんな男と関わっていたら、ろくなことはないぜ。あんた前にも、何処かの色男に本気で恋に落ちたなんてことを言ってたが、鯉が落ちるのは滝壺だ。なあ、目を覚まして、つまらない夢を見るんじゃねえよ」

「バ、バカ。うるさい、この……」

と言いかけて俄に不安になったのか、美津は藤十郎を振り向いた。

「いや、それが……」

申し訳なさそうに頭を下げてから、藤十郎は訥々《とつとつ》と話した。

「もう三月前から、深い仲の娘がいたのだが……一緒になってくれなきゃ、死んでやるッて包丁を持ち出してきてな」

「ええ……！」

「娘は十七になったばかりで、たしかに……文左さんとやらが言うとおり、志織って町娘でな……俺から見れば、ただ写し絵の相手に過ぎなかったのだが、知らないうちに色気づいててな……志織の方から遊びに連れて行ってくれとせがむようになってな」

藤十郎は他の〝あぶな絵〟にした女たちと同じで、特別に可愛がっていたわけではないという。その勝手に惚れたという言い草が、文左には許せなく思い、

「志織は死のうとしたんだぜ。橋から飛び降りて！　それでも、あんたそんなふうに言えるのか、ええ、色男さんよ！」

「――そうか……」

「はあ？　言葉はそれだけかよッ」

「済まぬ」

「謝って済むか、ボケ！　父親は、おまえさんのことを危ない奴と百も承知だから、引き離そうとしてたんじゃねえか。それを、てめえは、遊んだ挙げ句に

「……」

「まあ、待て。十七、八歳頃の娘ってのは、まっとうな男より、ちょいと危なげな奴の方に惚れるものだ。俺だってそう心得ているから、火傷をしないうちにと説教はしてたんだ」

そう言って離れようとしたのだと、藤十郎は言い訳がましく話した。それでも、

「藤十郎さんは悪くない。ほんとは気の優しい、いい人なんだ」

と志織は繰り返していたという。そんなところがまだ子供なのだ。世の中には、いい人のふりをして阿漕なことをする者は大勢いるとも、文左は教えてやったという。

「そうだろう、文左さんよ……」

静かに切なげな目で、藤十郎は言った。そう男前に言われると、文左も少しばかり、心の中がチクリと疼《うず》いた。自分にも思い当たる節はなきにしもあらずだからだ。

「人当たりをよくした方が、他人様と付き合いやすい。だから親切も施す。けれど、突き詰めていけば、自分が一番可愛い。自分のことばかり考えて生きてるの

が、人の世の常というものではないか？」

なんとなく話をはぐらかされているような気がしたが、文左は不思議と心に響いた。

文左もまた哀れな育ち方をしたからだ。

三つ子の頃から、世間の冷たさを痛いほど思い知らされていた。父親は生まれつきなのか、くそ真面目な大工で、女は女房ひとりだけ。賭事もまったくやらず、月に二、三度、安酒を舐めるくらいが楽しみの職人だった。

しかし、よくある話だが、お人よしなばっかりに、他人の借金を背負い込んでしまい、毎日のように取り立てに追われ、しまいには首を吊るまで追い込まれたのだ。

だから、文左は、自殺をしようとした志織を、とっさに止めたのだ。

「親父は……ひとっことの恨み言も言わずによ、死んじまった……俺あ、悔し涙で、野辺送りしたのを、ああ、昨日のことのように覚えてらあ。そんときは、おふくろは体を悪くしてたから、ずっと俯いたまんまでよ……」

文左は悔しそうに拳を握りしめて、

「どいつもこいつも、困った時だけ親父を頼ってきてよ……親父が助けを求めたときにゃ知らん顔だッ。俺は子供心にも、『世間てなあ、冷てえもんだなあ』って思ったもんだぜ。だから、自分がシッカリしなきゃならねえ。どんなことをしてでも、生き抜いてやるって思ったんだ」

父親が死んだ途端、まだ若かった母親に、夜這いをかけてくる男たちもいた。文左は、そんな男のひとりを半殺しにしたがために、代官役人から狙われ、村八分になって渡世稼業に入ったのだった。

「世間てなあ、信じられねえ。本当だぜ。信じられるのは、金だけだ……とは言わねえが、金は裏切らねえからな」

「――そうかい……あんた、いつも商いとか金儲けの話ばかりしてるけど、そういう辛い目に遭ってたからなんだねえ」

しみじみと同情の目になる美津は、何度も頷きながら、瞼《まぶた》に滲《にじ》んだ涙を拭った。

「お、おい……な、なんで、俺の話になったんだ?」

文左は照れ臭さを誤魔化すように、藤十郎に摑みかかって、

「おまえのことだよ、おらッ!」

「ま、待て……」

藤十郎は文左の腕を振り払って、誘ったのは志織の方だったと話した。

「湯島の出合茶屋で待ち合わせたとき、志織はもう裸でいて……娘盛りの張りのある体だったが、さして欲しいとは思わなかったから、ダメだと突き放したんだが……志織は抱きついたまま離れなくて、妙な具合になって……」

勢いのままに関係を持ってしまったが、その日を境に、志織は女房面をするようになった。だが、藤十郎は夫婦になる気は更々なかった。どんな良い女であっても、何度も体を重ねていると飽きる。若さゆえに笑顔が爽やかだったが、女房面をするようになると、団子鼻や垂れた目尻などが気になりはじめ、歳を取ればオカメになると思った。

「そう思うと、煩《わずら》わしくてしょうがない。夫婦になってくれと迫られたら、尚更だった。うちは小間物問屋だから、旦那に収まれば、金を稼ぐために絵を描かなくてもいいし、一生遊んで暮らせるくらいの金がある……なんて、ぬかしやがる」

「…………」

「ああ、こいつも同じか……男を縛りつける女なんだなあと思うと、わざと酷い仕打ちをしてでも別れた方が、志織のためにもなると思ったのだが、相手の親の方から縁切りを迫られたのでな、これ幸いと……まあ、金で片付けたわけだ」

それでも、藤十郎は自分が悪いことをしたとは思っていなかった。男と女の色恋沙汰は五分と五分ではないかと考えていたのだ。

「もし別れるようなことがあっても、お互い見る目がなかったと諦めるしかあるまい」

色男ぶって言う藤十郎を、文左は思わず殴り飛ばして、

「聞いたかい、美津さんよ。こいつは、そういう奴なんだ。痛い目に遭わないうちに、さっさと『咲花堂』に帰るこった。でねえと、心まで傷つくぜ」

「何言ってるのどすか。私と藤十郎さんは、まだ清い仲ですよ」

「どうでもいいから、とっとと帰りやがれ。嫌だと言うなら勝手にするがいいぜ。出戻りだろうが何だろうが、こいつは女の体を金に換えてる女衒《ぜげん》や女郎屋の忘八《ぼうはち》と変わりゃしねえ……女を自死に追い込むような輩は、許せねえんだよッ」

と吐き捨て、文左がその場から立ち去ろうとしたときである。

裏庭から、黒い人影が忍び足で近づいてきて、いきなり縁側に飛び上がって、室内に駆け込んでくるや、藤十郎に背後から襲いかかった。手にしていた匕首《あいくち》で、ドスッ——と刺そうとしたのだ。

それを見た文左は考える間もなく、とっさに踏み込んで体当たりをした。匕首が文左の腕に触れて、わずかに血が流れ出た。

同時に、藤十郎が黒い人影の首の辺りに手刀を打ち込み、グイッと押さえつけた。

「イテテ……は、放しやがれッ！」

悲鳴を上げた人影の顔を覗き込んだ文左は、目を丸くして、

「てめえ……金貸しの角兵衛さんの所に出入りしてる勘八じゃねえか⁉」

と肩を摑んだ。

「なんで、こんな真似を……たしかに俺もぶっ殺してやりたい奴だがよう。本当にやっちゃ、マズいだろ。訳を言え、勘八！」

文左も腕をねじ上げると、勘八はギャアッとさらに悲鳴を上げた。

「――勘八……？」

今度は、美津が勘八に顔を近づけて、

「おまえさんかい。角兵衛に、この藤十郎さんを殺せと頼まれたのはッ」

と頰を思い切りつねった。

七

「夜分にご免なさいよ」

倫太郎が神楽坂坂上の角兵衛を訪ねてきたのは、その夜のことだった。

角兵衛は近くの湯屋で、ひと風呂浴びてきたばかりなのであろう。丹前姿で酒を一杯引っかけており、赤ら顔が益々、赤かった。

「これはこれは、『咲花堂』の若旦那。一体、何の御用で」

「この絵を買って貰えないかと思うてな」

「――この絵……？」

丁寧に巻いていたのを広げて、倫太郎が差し出したのは、〝あぶな絵〟の原画であった。その絵を元に、版木を彫り、摺り師が幾重にも色づけをして、美しい浮世絵にして多数、頒布するのである。

「これは……磯田湖龍斎でございますな」

「ああ。この原画が持ち込まれてな。貴重なものゆえ、うちで扱って欲しいとのことだが、まあなんというか……」

「お察ししますよ。『咲花堂』さんのような雅《みやび》なお店では、扱えないでしょうな」

角兵衛が言った「雅な」という言葉は、どことなく皮肉っぽく聞こえたが、綸太郎は顔色を変えずに、

「そういうことです。角兵衛さんの所では、地本屋でも扱わないような、もっと際どい絵も密かに扱ってると聞きましてね。ならば、それなりに良い値で、買ってくれるかと思いまして、へえ」

「誰に、そのことを……？」

「噂ですよ。そうでございましょう。なかなか面白い絵と思いますがねえ」

綸太郎は、相手がどう出るか探るように、じっと待っていた。

「若旦那も人が悪い。足下を見るようなことは言わないで、はっきりと値を言って下さい。できる限りのことはしますから」

「そうですか。では、百両で如何でしょう」

「なに、ひゃ……百両！」

「あきまへんか」

急に上方言葉になって、綸太郎はじんわりと迫るように凝視した。何か裏でも

あるのかと、角兵衛は警戒した目になった。だが、綸太郎は真顔で、

「この絵には、うちが〝折紙〟をつけます。表装でもしたら、その二倍、三倍の値で売れると思いますよ。大奥女中や藩邸の奥女中などにも、人気があると耳に入っておりますからね」

「………」

「どうでしょうか」

「若旦那。こんな刻限に急に……何か思惑でもあるんですかい」

「さすが、泣く子も黙る角兵衛さん。察しがいいですな。実は、おたくに出入りしている勘八という遊び人が、この磯田湖龍斎こと、岩橋藤十郎の命を狙った」

「!………」

「運良く、たまたま文左とうちの姉貴がいたから大事に至らなかったが、勘八は今、自身番に連れて行かれて、南町同心の長崎千恵蔵様に調べられている……おまえさんが殺せと命じたそうだね」

責めるように言う綸太郎に、角兵衛は眉を寄せて、

「なんですか、藪《やぶ》から棒に……」

「いいえ、俺は何も関わりないから、どうでもいいのですが、正直に言った方が身

のためだと思いますよ」

「百両で原画を買えと言ったり、人殺し扱いしたり、何なんですか」

「勘八は、あなたに命じられて、磯田湖龍斎の命を狙ったと話してるんです。俺はどうにも腑《ふ》に落ちない。どうして、この素晴らしい浮世絵師の命を狙うのか……」

「ですから、狙っちゃいませんよ」

角兵衛はそっぽを向いて、

「勘八も出鱈目《でたらめ》を言ってるんですよ。私には随分と借金がありますからねえ。それで自棄《やけ》でも起こしたんじゃないんですか」

「借金は沢山あるらしいですな。あなたが隠れ賭場を営んでて、そこで金に困った奴らにも金を貸してるとか。賭場で負けた者を、借金漬けにして、随分と酷いことをして儲けてたんですなあ」

「若旦那……そんなふうに言われると私も怒りますよ」

「図星だから、ですかね？」

綸太郎は挑発するようになって、

「今も言ったように、俺はなんで、磯田湖龍斎を狙ったのかが、分からないんですよ。ですが、たとえば今、人気絶頂の磯田湖龍斎が死んだとしたら、この原画なんぞは、とてつもない値がつくと思うんです。ええ、百両どころか、五百両、千両と」

「…………」

「だが、あなたは、この原画についちゃ、さほど興味を抱かなかった。むしろ、迷惑そうな顔をした。だから……磯田湖龍斎のこの絵の値打ちを上げるために、殺そうとしたのではない……んですね」

自分の推察を、綸太郎は滔々《とうとう》と述べたが、角兵衛の方は、本当に訳が分からないと首を傾げていた。

「だとしたら、どうして、磯田湖龍斎の命を狙ったんです？」

問い詰めるように言う綸太郎に、角兵衛は語気を強めて、

「若旦那。私は本当に何のことだか知りません。この原画とやらが値打ち物だとしても、食指なんざ、まったく動きません。どうか、もうお帰り下さいまし」

と店から押し出した。

綸太郎は仕方なく表に出ると、ふうっと溜息をついて、ふと一方を見やると、路地の陰に、神楽の七五郎が身を潜めているのが見えた。綸太郎は素知らぬ顔

で、
――岡っ引の手伝いとは、嫌な役廻りを引き受けてしもうた……。
と口の中で呟いて立ち去ったが、七五郎は頷いて、角兵衛の店を見張ってい
た。
勘八は角兵衛に命じられて、磯田湖龍斎こと岩橋藤十郎を狙った。が、自身番
で問い詰めても、角兵衛の意図が分からない。しかし、勘八の話では、
――角兵衛も誰かに頼まれた節がある。
とのことだった。
それゆえ、綸太郎をして角兵衛に探りを入れ、動くのを待っていたのである。
案の定、角兵衛は、それからすぐに店を出て、人目を気にするように神楽坂を
急いで下り、木戸番の者には銭を与えて、体《てい》よく潜り抜け、路地や通りを縫《ぬ》うよ
うに来たのは、八丁堀の与力や同心の組屋敷だった。
何処か近くで、ワンワンと犬が吠えている。
「旦那……私ですよ……角兵衛です」
小者に通された角兵衛は、救いを求めるような目で玄関に佇《たたず》んでいた。奥か
ら出てきた室田は実に不愉快そうに、

「何用だ。かような刻限に」

「申し訳ありやせん……とにかく、すぐに報《しら》せておきたいことが……」

仕方なく中に招き入れた室田は不機嫌な顔のまま、角兵衛から話を聞いた。勘八が岩橋藤十郎を殺し損ね、自身番に捕らえられて取り調べられていることを、角兵衛は伝えて、

「勘八は、室田様のことは知りません。ですが、奴は勘八っていうくらいですから、勘がよくて、何か齟齬《そご》があってはいけないと」

「勘がよいやつが博奕《ばくち》に負けまくるか」

「で、ですね……どういたしやしょう。殺し損ねたのですから、罪にはならないでしょうが、万が一、室田様のことが表沙汰になってしまえばと思いまして」

「間抜けな奴だな。おまえが、ここに来たことの方が、危ういわい」

「誰かに尾けられたとでも?」

「さもありなんだ……まだ犬が鳴きやまぬ。誰かがいるということだ」

角兵衛はシマッタという顔になったが、必死に室田を思ってのことだと伝えた。しかし、室田は益々、怒りの顔になって、

「そろそろ、おまえとの付き合いも、潮時かもしれぬな」

「ええ？」

「文左という奴が、面白い話を持ち込んできた。富札という新しい金儲けだ」

「ま、待って下さい、室田様。その文左という奴が、勘八を捕らえたんですよ。きっと何かあるんですよ」

「なんだと……」

「たまさかのことかもしれませんが、どうにも私には引っかかりまして……」

唸《うな》るような溜息をついてから、角兵衛は訊いた。

「それよりも、室田様……旦那はどうして、磯田湖龍斎なんて絵師を殺したいんです」

「余計な穿鑿《せんさく》はするなと言うたはずだ」

「ですが……」

「黙れ。おまえは裏から出て、こっそり帰れ。そして、しばらく大人しくしておれ。誰が何を訊いても知らぬ存ぜぬを通しておけ。さすれば、俺が何とかしてやる……おまえからの賭場の寺銭もまだ欲しいゆえな」

室田は険しい顔で言った。何か言い返そうとしたが、角兵衛は渋々、裏口から帰るしかなかった。

──自分が何かしでかしたわけではない。大丈夫だ……。

と心に刻むように、角兵衛は胸の中で呟いた。

八

翌朝、猿屋町会所に見廻りにきた室田を、長崎が待ち伏せていた。

定町廻り同心とは縁がないゆえ、あまり顔を合わせたことはないが、知らぬ仲でもなかった。長崎は丁寧にお辞儀をして、

「ご苦労様でございます。ございますれば、お付き合い下さいますか……ここでは何でございますので、大番屋の方にでも」

「大番屋?」

「はい。不都合がございましょうか」

「俺は町方与力であるぞ。同心の命令に従う謂れはない」

「いえ、御用探索とかそういうのではありません。ただ、お話をと……」

「ならば、ここで致せ」

「さようでございますか。では、遠慮なく……」

長崎は会所の奥座敷に通されて、上座に座った室田の前で、さらに頭を下げ、昨夜、捕らえた勘八のことを告げた。角兵衛という金貸しに頼まれて、浮世絵師の磯田湖龍斎こと岩橋藤十郎を殺害せんと及んだことに触れた。そして、

「室田様は、何も関わりはございませぬか？」

と丁寧に訊いた。

「無礼を申すな。何故、俺が関わっているというのだ」

「それがですね、昨夜、もうひとり、妙な奴をとっ捕まえまして」

「妙な奴？」

「それが実は、室田様もよくご存じの角兵衛だったのです」

「！…………」

「たまさか、私が御用札を預けている七五郎という岡っ引が、室田様の組屋敷の裏手から、こっそり出てきた男を捕まえたんです。あんな遅い刻限ですしね、盗っ人だと思って捕らえ、お縄にしたんです」

「……それが、どうした」

「ええ。とんでもないことを言い出しましてね。実は……ここのところを、よく

聞いて下さいませ」

念を押すように言って、長崎は睨んだ。

「勘八って遊び人は、角兵衛から金で、藤十郎を殺せと頼まれました。で、その角兵衛は、あなた様から頼まれたと……自身番で白状したんです」

「知らぬ」

「ですが、当人たちの話を裏付ける金もありますしね、室田様と角兵衛が、隠れ賭場などを通じて、上がりをせしめてるって話も聞きました。間違いありませんね」

「角兵衛がさようなことを申しておるのか」

「ええ。角兵衛が金貸しとして、元金が潤沢にあるのも、猿屋町会所の御用金を横流ししてもらい、それで隠れ賭場を営み、色々と儲けていたってことも、ぜんぶ話しました」

「……知らぬ」

はっきりと室田は答えたが、目が泳いでいるのを、長崎は見逃していない。

「惚けても無駄ですよ。角兵衛はぬかりのない男ですから、室田様に渡した金子の帳面を残してるのです。ここ猿屋町会所に詰めている勘定所の役人も、前々から帳尻が合わないので、調べ直していたそうですよ」

「…………」

「不正を見廻る立場の人が、悪いことをしちゃいけませんねえ」

相手の顔を覗き込むような姿勢になって、長崎は続けた。

「だから、もしかして室田様は、不正がバレてはまずいから、誰かを亡き者にしようと企んでいたのではと考えましたが……磯田湖龍斎は、猿屋町会所にも、金貸しの角兵衛にも関わりありませんしね……」

「…………」

「ですから、一度、会って貰おうかと思いましてね、磯田湖龍斎こと岩橋藤十郎さんに。そしたら、あなたが角兵衛をして殺せと命じた訳も分かるかと」

「さようなことに、付き合わねばならぬ謂れはないッ。そもそも、誰も死んではおらぬのであろう。万が一、俺が命じたからといって何の罪がある」

「磯田湖龍斎を救った文左は怪我をしております。殺し損ねたのですから、本当の咎人を調べねば、またぞろ狙うかもしれませぬゆえ」

「黙れ、黙れ！　下らぬ詮議じゃ！」

室田は感情を露《あら》わにして、その場から立ち去ろうとした。仕事は他にもあり、町奉行所に出向かねばならぬという。だが、すでに長崎は、奉行からも取り調べる許しを得ているので、堂々と言った。

「では、続きは町奉行所にて話すことに致しましょうか。このまま逃げられては困りますので、同行致します」

「ふざけるなッ」

「真面目に言っているのです」

「貴様ッ。同心の分際で、与力の俺を愚弄《ぐろう》するか！」

声を荒らげたとき、勘定所役人や会所役人らが駆け寄ってきた。一同、何事かと驚きのまなざしで見ていたが、室田は構わず、その場から出て行こうとした。乱暴に、

「どけい！」

と怒鳴ったとき、その前に立ちはだかるように立っていたのは、藤十郎であった。

傍らには、綸太郎と文左がいた。

「——長崎様。番屋に来るのが遅いので、こちらから訪ねてきました……藤十郎さんも、自分を狙った相手を一目見てみたいと、言うものですからね」

綸太郎がそう言うと、室田の顔は硬直したままだが、それを見た藤十郎の方も一瞬、強張った。俄に複雑な思いが湧き起こってきたように、藤十郎の瞼が痙攣《けいれん》し始めた。

その表情を見て取った綸太郎は、

「どうしました、藤十郎さん……知っている人なのですか？」

と声をかけた。

「し、知ってるの段ではない……」

藤十郎は相手をじっと見据えていたが、やがて全身がぶるぶると震えだした。

「こやつが……長年、俺が探していた……咎人だ……俺の兄上を、ぶった斬って、逃げ廻っていた奴だ」

「ええ――!?」

話を美津から聞いていた綸太郎も、吃驚仰天した。

美津が、角兵衛たちの密談を聞いたことから、藤十郎と室田が再会するまでが、ひとつの糸で結ばれていたかのように繋がった。不思議な縁に戸惑いながらも、綸太郎は言った。

「いや……室田様の方は、前からずっと磯田湖龍斎が、岩橋藤十郎であることを知っていたのですね。しかも、自分の追っ手であることが分かっていた……万が一、どこかで自分のことがバレると大変なことになる。それで、命を狙ったのですか」

「…………」

「そうなのですね」

綸太郎が問い詰めると、室田は観念をしたのか、短い溜息をついて、

「――おまえの店で見かけたのだ、『咲花堂』……」

「私の店で……？」

「うむ。それも、ただの偶然だがな……今、思えば、必然かも知れぬな……」

神楽坂坂上の角兵衛の店に出向いていた室田は、帰りがけに『咲花堂』の店先を通りかかった。すると、暖簾《のれん》を割って、綸太郎に見送られて、藤十郎が出てきた。

「俺にはすぐに分かったよ……だから、踵を返したのだが、その後で尾けると、神楽坂からは目と鼻の先の軽子坂の小料理屋に入り、そこで暮らしていると知った」

「…………」

「しかも、磯田湖龍斎という浮世絵師となっていることも、後で知った……その〝あぶな絵〟は俺もよく見ていたし、誰でも知っているほどの絵師だった」

「だからって、殺すことは……」

「暮らしぶりを見ていると、追手番からは足を洗っていることは分かった。顔を合わせなければ済む話だ。俺は昔のことは隠して、室田家に養子縁組で入り、こうして町方与力として過ごしていた」

「…………」

「だが、磯田湖龍斎の絵は、男だけではなく、女にも大層、人気があるとかで……うちの女房までが面白がって、貸本屋から借りてくる始末。それどころか、ツテを頼って、磯田湖龍斎を呼んで茶会を始めよう、なんて言いだした」

「それで顔を見られたら困る、と？」

「いや。そんな席には行かねばいい話だ。しかし……町奉行所内では、今でも蔦屋重三郎への取り締まりは密かに続いており、猿屋町会所見廻りは、どうせ閑職だろうからと、隠密廻りの真似事をさせられたのだ」

「…………」

「さすれば、いずれは藤十郎とも顔を合わせるときが来るかもしれぬ。藤十郎が、俺のことを忘れるはずはない。だから……」

そこまで言ったとき、藤十郎は一瞬、湧き上がっていた感情を押し殺して、静かな口調で室田に向かって言った。

「──済まぬな、左之亮……あの清廉潔白なおまえを、かような人間にしてしまったのは……勘定奉行下役をしていた、俺の兄上かもしれぬ」

「えっ……」

不思議に思う綸太郎や長崎たちを、藤十郎は見廻して、

「そうなのだ……藩で公金横領や賄賂を要求するなどの不正を糺《ただ》すがために、この左之亮は兄上を問い詰めたのだ……だが、その場で揉めているうちに、左之亮は兄上を……斬ってしまった。しかし、仮にも左之亮にとっては、上役である。藩からお咎めがくるゆえ……」

逃げ出したのだ。それを、藤十郎は追う立場となって、諸国を遍歴していたのだが、そのことのために、一生を費やしたくなかった。だから、自分も脱藩し、別の人生を歩んでいたのだった。

「──そ、そうだったのか、藤十郎……」

「ああ……」

ふたりはしばらく見つめ合っていた。故郷の津軽では、同じ釜の飯を食った仲だったのであろう。深い雪の中で剣術の稽古をしたことや、まさに蛍《ほたる》の光の下で勉学をしたのかもしれぬ。

綸太郎はそっと声をかけた。

「室田様……あなたが、つまらぬ考えを起こさねば、あるいはお互い知らぬまま、違う人生を過ごしたかもしれませぬな。それでも、いつかは……」

「ああ。悪事はバレただろうな」

と室田は自分で言うと、恥じ入るような目になって、藤十郎を見た。しかし、藤十郎もまた同じような目つきで、

「俺も、他人様に誇れるようなことは、何ひとつ、してきちゃいない……女を誑かして、飯の種にして……その後の女の人生がどうなろうが、知ったことじゃなかった」

「…………」

「おまえとは、会わなきゃよかったな……」

しみじみと藤十郎は言ったが、これもまた、一枚の浮世絵の為せる業であろうか。室田の不正は改めて、評定所にて吟味され、切腹の沙汰が出たのは語るまで

もない。その後、藤十郎も江戸から姿を消し、人の噂にも立たなくなった。

関東のカラッ風のせいで、江戸市中の通りや辻には、土埃《つちぼこり》が狂うように舞っていた。

秋風から、凍りつくような寒空に変わった神楽坂では——。

何事もなかったように、美津が文左をこきつかって、店先を掃除させている。

綸太郎は、突然、筆を折った磯田湖龍斎の原画を表装して、大切に店の奥に仕舞っておくのだった。いずれもっと、値打ちが出ると踏んでのことではない。藤十郎が暴露したことを、密かに隠しておきたいという思いがあったからである。

第四話　湖底の月

一

鬱蒼《うっそう》とした山道を、大きな籠を背負った精悍《せいかん》な青年が、しっかりとした足取りで登ってきた。

なかなかの偉丈夫で目つきは鋭いが、貧しい山の民であろうか。籠には、黒い木炭がドッサリとある。黙々と歩く青年が、薄暗い木立の中を抜けると、その先に峠《とうげ》があって、遥《はる》か眼下には、平城京《へいじょうきょう》と大仏殿が見えた。

他にも数人の男たちが、同じような格好で整然たる碁盤目の平城京を見下ろしていた。

「思いだすのう、綛安《ろあん》……あの大仏殿の大木は、儂《わし》ら樵《きこり》一党が、周防《すおう》や日向《ひゅうが》まで探しにいって見つけてきたものだ」

屈強な男のひとりが言うと、綛安と呼ばれた精悍な青年は大きく頷いて、

「ああ。いい仕事をした。あの化け物のような大きな丸太があってこその大仏よ。お陰で、俺たちの暮らしも良くなった。黄金に輝く毘盧遮那仏《びるしゃなぶつ》を、俺たち下々の民は拝んだことがないが、それは凄い仏様だということだ」

「その仏様の家を建てたのだから、本当に凄いことよのう。ウハハ」

天平《てんぴょう》十五年（七四三）に、聖武《しょうむ》天皇が紫香楽宮《しがらきのみや》で金銅の大仏を造る詔《みことのり》を出したのだが、その十五年前に、聖武天皇は、国中を恐怖のどん底に陥《おとしい》れた流行病《はやりやまい》で、皇太子を亡くしていた。わずか二歳の我が子の死を嘆き悲しんで造ったのが、その大仏である。

紹安たちは平城京の外れの、若草山《わかくさやま》の麓《ふもと》に住んでいるが、ちょっと名の知れた樵の一党であった。焼失した法隆寺《ほうりゅうじ》の伽藍《がらん》再築や薬師寺《やくしじ》の建立に使う材木を選木するために、諸国の山を歩く職能集団だったからである。

中でも、紹安は若いながら、木を選ぶ専門家だったのだ。もちろん、父も祖父も代々続く樵であって、法隆寺西院伽藍建立の時は、聖徳太子《しょうとくたいし》の夢占いによって、建築のための木材集めを任された由緒ある樵一家なのである。

炭を背負った籠の他に、不思議な形をした鳥を数羽、肩や腰にぶらさげている。頭も体全体もぼわぼわとした羽毛の白い烏骨鶏《うこっけい》である。唐《とう》の国から渡ってきた珍しいもので、宮廷役人が祝いにとくれたのだ。

祝いとは、紹安が間もなく行う、夫婦の契りを誓った娘との祝言のことである。

紹安は、許嫁《いいなずけ》の待つ村に向かっているのだ。山の民と田の民が出会ったのは、まさしく大仏に祈願する祭りのときであり、お互いに一目惚れをした。

育った所や暮らしぶりが違うからと、親戚からは反対の声も少なからずあったが、同じ大和《やまと》の者同士。しかも、紹安はこの国で一番の樵の係累とあっては、嫁に出す親も鼻が高かった。

豊かな田園風景に大和川が流れ、のどかな春の日射しの中で、農民たちが歌をうたいながら田を耕している。男衆だけではなく、女たちも混じっている。色とりどりの着物が、弾けるように躍っているように見える。

「――平穏な暮らしが一番だ……」

そんなことを呟きながら、紹安は畦道《あぜみち》の先に、愛しい女の姿を見た。野良着姿で、村人と一緒になって、せっせと鋤《すき》を動かしている。その姿が眩しいくらいだった。

道端には、何本か柿の木が並んでいて、実がなる時節になれば、たわわに実る。豊作祭りの頃になると、熟して甘いのだ。愛しい女と会ったのは、そんな季節のことだった。

紹安がふと顔を上げると、鼻先に蝶々が舞ってきて止まった。

「ふふ……どうした。恋しい相手を見失ったのか?」

蝶々がひらひらとまた飛んで行く。その行方《ゆくえ》を見送った紹安の視線の先に——菜の花の飾りを頭につけた愛良《あいら》が駆けてきているのが見えた。

屈託のない明るい笑顔の、村一番の美貌の娘である。

「紹安……待ちくたびれたわ。みなさんに食べて貰おうと思って、ほら」

幾つかの壺《つぼ》のような入れ物に、雑炊《ぞうすい》や煮物、菜の物や根菜の炒《いた》めもの、鶏肉を茹《ゆ》でたものなどが沢山入っている。

「いや、実に美味そうだな。俺は愛良の料理に惚れたんだ」

「あら、料理だけ?」

「そうだな。器量もよけりゃ気立てもいいし、頭もいいからな」

微笑んで語りかける紹安を見て、樵仲間たちは、のろけるなと大笑いした。一同は、それぞれ道端に座り込み、腹が減ったと愛良の作ってきたものを、むさぼるように食べた。

その代わり、珍しい鶏を祝いの席で披露しようと見せびらかした。

「こうして、みんなで一緒に食べるのが楽しみだから、これから私も頑張りますね」

手を止めた農夫たちも、紹安と愛良の姿を愛おしむように眺めていた。

「よう。みなさん、一緒に飯にしませんか」

紹安が声をかけると、三々五々、村の衆たちも集まってきた。

そのとき、一陣の風が吹いた。

ふと紹安が見上げると、怪しげな雲が空に広がっている。

「おお。恵みの雨だな」

と紹安が言うと、農夫たちはそれぞれ首を振り、不安げな顔になって、顔を見合わせた。

村人たちが何かに怯《おび》えているように感じた紹安は、素直に訊いてみたが、答えは要領を得なかった。とにかく、忌《い》み嫌っている何かが起こるようだった。

山の中では、熊や鹿、猪《いのしし》から狼《おおかみ》まで現れるから、常に危険がある。田畑が広がるのどかな土地に、一体何が起こるというのか、紹安は首を傾げるだけだった。

ただ、遠くの山裾《やますそ》には、暗い影があるように見える。じっと目を凝らす紹安を、愛良も心配そうに見つめていた。

その夜――。

集落の一角には、粗末な建物が並んでいるのだが、その真ん中の広場では、松明《たいまつ》が焚《た》かれており、村人たちが集まってきて、輪を描いて踊っていた。村人たちは、龍、鳥、犬、魚、羊、蛙《かえる》などの面を被って、笛や太鼓に合わせて陽気に踊っている。

唐国から伝わった蛇腹《じゃばら》踊りをしている若い衆たちの姿もある。この夜は、雨乞いの祭りで、村人たちが天に向かって、生《い》け贄《にえ》を捧げる儀式を模した演舞が行われたのだ。

着飾った村の若い娘たちが屋根倉から出て来ると、華やかな髪飾りに目にも鮮やかな王朝風の花嫁姿の愛良を御輿《みこし》に乗せ、篝火《かがりび》の周りを巡り始めた。

眩しいくらい美しい愛良の姿に、村の男たちは誰もが溜息をついたが、壇上の少し離れた所で迎える用意をしている紹安も、食い入るように見つめていた。まるで、この世のものではないほど華麗であった。

「紹安……おまえは果報者だな」

「だぞ。あのような綺麗な娘を嫁に貰えるのだからな」

「くそうッ。妬《や》けてくるなア」

などと樵仲間も羨望の目で眺めていたが、村の若者たちは、少し険しい顔になって、周辺の闇の中を警戒して見つめていた。

「……いいか。奴らは必ず襲って来る」

「〝風の馬〟が、か」

「まさか、そんなことが……」

「長老たちが用心しろと言ってたが、あいつらにとっちゃ、こんな村なら、赤子の手をひねるも同然だ」

その〝風の馬〟とは、まさしく馬に跨《またが》って、大きな鉈《なた》のような武器を振るいながら、田畑の中を駆け抜ける軍団であった。

土地を持たぬ皇帝と自ら名乗っており、大和近隣の帝《みかど》の領地でも荒らしてゆく、盗賊の一団に過ぎないのだが、そのやりくちは凶暴で、風のように現れ、村の財物や作物を根こそぎ奪い、風のように去ってゆく。その無法ぶりは、時の帝の護衛兵たちですら恐れているほどの存在であった。

「偉そうに言ったところで、たかが盗賊だ。この村を俺は守ってみせる」

「俺ア、いつでも闘う準備ができてるぞ」

「ああ、俺もだ」

「奴らが襲って来るとしたら……あの山道からに違いあるまい」

小山を指しながら、若者たちは剣を手にして、待ち伏せていた。

その時、突然――。

音もなく槍《やり》が飛来して、若者のひとりの胸を突き抜いた。

「うぎゃあ！」

若者たちは、ぎょっとなり、一瞬にして騒然となった。闇の中から、ドドドッと不気味なほどの馬の蹄《ひづめ》の音がすると同時に、四方から、騎馬の一団が現れた。

「⁉――こ、こんなにいたのか！」

数十、いや百数十人はいようか。護衛の若者たちは剣や槍を手にして身構え、女子供、老人たちを村の奥の砦《とりで》へ送った。それを見た男衆も武器を手に円陣を組むように、襲ってくる野盗たちに向かって立ちはだかった。

その物凄い数と勢いの野盗の軍勢に、樵でありながら武勇で知られていた紹安も、腰が引けてしまうほどだった。

――村人が不安に思っていたのは、この野盗のことだったのか！

とにかく、花嫁の愛良を守らなければならぬ。その一心で、紹安も腰に提げていた鉈を抜き取り、闇から突進してくる野盗に対峙するべく身構えた。

だが、野盗は獣のような奇声を上げながら、あっという間に押し寄せてきた。その恐怖に満ちた宵闇の中で、村祭りの女たちは散り散りに逃げ、老人や子供たちも、懸命に家や蔵の中に逃げ込むのが精一杯だった。

野武士ではあるが武具甲冑《かっちゅう》をつけた一団が近づいてきて、その頭目格らしき男が、野太い声を朗々と放った。

「村の有り金、穀類、金目のものをすべて出せ。さすれば命は取らぬッ」

横柄な態度で、馬上から村人を睥睨《へいげい》しながら言ったとき、

「黙れッ。この盗人らめが！　誰が言うことを聞くか」

と紹安は言い返した。

途端、野盗の子分のひとりが、紹安めがけて槍を投げた。すんでのところで避け、ガッと柄を摑むや頭目格に投げ返した紹安は、鋭く睨み上げた。

「おまえたちのことは、帝に既に報せてる。軍勢がすぐにでも駆けつけて来よう」

「ムダなことだ。宮廷の者らなど、俺たちを恐れて腰を抜かしているであろう。もう一度だけ言う。大人しく何もかも差し出せば、命は取らぬ」

紹安は黙って鉈を構えた。剣のように長く大きなもので、人を斬ることなど、

巨大な木材に比べれば雑作もない。他の若い衆たちも、それぞれが力強く身構えた。

途端、頭目格は旗を振り、「かかれ！」と合図をした。手下たちは、一斉に散って、次々と火矢を放ちはじめ、先兵たちは津波のように襲いかかってきた。抵抗する間もなく、村中に火が広がり、護衛の若者たちは次々と打ち倒されていった。

紹安にも数人が束になって斬りかかってくる。その盗賊たちを、体の大きな紹安は力任せに倒していくが、

「貴様ッ――！」

野盗の頭目格が、大薙刀《おおなぎなた》を振り上げて、猛然と紹安に斬りかかって来た。

ブンとうなる音に吹っ飛ぶ紹安だが、気丈にも立ち上がって、騎馬に向かっていく。何度も何度も、大薙刀に鉈を打ちつけたが、さすがは野盗の頭目格だけのことはある。見事に、紹安の鉈は弾き飛ばされてしまった。

その時――別の所で、キャアッと悲鳴があがった。

騎馬の男が、綺麗に着飾っていた愛良を抱えて、奪い去ろうとしているのだ。

「愛良……！」

紹安は思わず、名を叫んだ。愛良も必死に手を伸ばして、「助けて、紹安！」と悲痛な声を上げたが、あっという間に、愛良は攫《さら》われていった。

「ああ、紹安！　助けてえ！」

懸命に追いかけながら、紹安も声の限りに叫んだ。諦めずに「愛良を返せ！」と叫び続ける紹安の肩に飛来した矢が突き立った。

「うわあ！」

ひっくり返った紹安は、力を振り絞って立ち上がったが、愛良を抱えた騎馬の男はどんどんと遠ざかった。

村のあちこちでは、大きな炎が燃え上がり、じわじわと村人たちを追い詰めていった。

翌未明、雨が蕭々《しょうしょう》と降っていたが、辺りは焼け野原同然となっており、死人が何人も倒れ伏したままで、まるで地獄絵だった。

命は助かったが、茫然と立ち尽くしている紹安は、愛良が連れ去られた方角を、じっと見つめていた。

うっすらと夜が明け、雨にも拘《かか》わらず、西の空には白い月がポッカリ浮かんでいるのが見えた。

まるで、水底にあるような皿の月で、紹安は言葉にできないほど、いたたまれない気持ちになって叫んだ。狼の遠吠えのように、いつまでも、ウォウウォォウと泣いていた。

二

「――よう。あんちゃん。大丈夫か？」

耳元で声をかけられて、ハッと広吉《ひろきち》は目を覚ました。

顔は薄汚れており、身につけている〝ドンゴロス〟のような着物は、臭いがするほど継《つ》ぎ接《は》ぎだらけで、いかにも〝貧乏〟を纏《まと》っているような少年だった。十五歳くらいであろうか。まだ童顔が残っているが、立派な体軀《たいく》で、よほど酷い目に遭って暮らしてきたのであろう。野良犬のように険しい目つきをしていた。

広吉に声をかけたのは、文左である。何が可笑しいのかニコニコと笑っている。

「なんだ、文左さんか」

「しけた面しやがって。今日も大した稼ぎはなかったか」

「商いは、〝飽きない〟からきてるんだから、性根を入れて真面目にやれ」

「うるせえやい」

「文左さんには言われたくねえや。いつも一発大当たりしか狙ってねえしな。それに、〝とっかえべえ〟は商いとは違わあ」

「バカ言うねえ。〝とっかえべえ〟だって立派な商いだ。飴玉と屑鉄《くずてつ》を交換して、それを売れば相当な利鞘《りざや》が出る。そもそも、太古の昔から、商いってのは物と物を交換するのが大本で……」

「説教はいいよ……」

と言いかけた広吉は、おやっと首を傾げた。

「今、太古の昔って言ったよな」

「ああ。太鼓じゃねえぞ」

ポンポンと叩く真似をした文左に、広吉はすぐに言い返した。

「そんなこと分かってらい。バカにすんな。でも、その大昔の夢を見てたような……気がする。おいら、樵でよ。東大寺《とうだいじ》って、でっけえ寺の柱の木をどっかの山から伐採してきたりして、なんか凄かったなあ」

「おまえなあ……見た夢の話なんざ、し始めると、おしめえだぞ」

「なんでだよ」

「夢で金が稼げるか？　それに、夢を見るってことは、大して働いてねえ証だ。俺なんか、朝から晩まで一生懸命働いてるから、ぐっすり眠れて夢なんぞ見たことがねえ」

「俺は、文左さんが働いているとこを見たことがねえ」

「なんだとッ。こら」

「ばーか」

「このやろう。やるってのか！」

捕まえようとする文左の腕をぐって、広吉は神楽坂を登っていった。どっちが子供か分からない様子である。

その日の夕暮れ――。

ひと仕事した帰りに、広吉は『咲花堂』に立ち寄った。出先で飴玉と交換した、陶磁器の皿を持参したのだ。

直径が二尺ほどの、白っぽくて、厚みのあるものである。

広吉たち〝とっかえべえ〟は、「鉄屑い、屑う」などと声を発しながら町中を歩き廻るが、釘《くぎ》や鉄屑だけを扱うわけではない。鋳掛屋でも直せなくなった鍋や薬缶《やかん》など金物だけではなく、茶碗や皿、壺の類《たぐい》や布きれ、何だって集めてくるのだ。

そうでもしないと暮らせないからであるが、時に掘り出し物もある。もしかしたら、凄い値打ちかもしれないと、少しばかり期待をしながら、骨董商などに持ち込むのだ。

綸太郎が営む『咲花堂』には、この半年くらい顔を出しているのだが、これまで三度も、一両以上もする値打ちのものがあった。

もちろん稼いだ金は、広吉が手にするが、飴玉を用意する〝とっかえべえ〟の親方に、半分以上持っていかれるので、ときに『咲花堂』に立ち寄って見て貰うのだ。もちろん、ほとんどがガラクタだが、富籤でも買ったような気分である。

「どうなんです、旦那……」

広吉は爛々《らんらん》と目を輝かせている。飴玉何個かと交換したのだが、二束三文の皿なら、親方の所に持ち帰っても、「土にもなりゃしねえ」と割られて終わりだ。

「――ほう……広吉。これは、誰から貰ったんだい」

「へえ。すぐそこの善国寺裏の萬兵衛《まんべえ》さんていうご隠居さんでさ。たしか、昔は京橋《きょうばし》の方で、『藤屋《ふじや》』とかいう、ご立派な呉服問屋をしていたとかで」

「ふむ……なるほど……なかなか……うん、いい仕事してますなあ……」

「な、なんです？　おまじないじゃねえんだから、サッと見立てて下さいな。俺はもう気になって、気になって」

急かすように言う広吉に、綸太郎はハッキリと言った。

「これは、おまえ……十両はするな」

「え……エエッ……じ、十両って……相撲取《すもうと》りの十両じゃないですよね……盗んだら、首を刎《は》ねられるって、十両ですよね」

狼狽《ろうばい》する広吉の姿が可笑しくて、綸太郎は思わず笑ったが、間違いないと伝えた。なんなら、鑑定書である『咲花堂』の〝折紙〟をつけてよいと言った。

「おまえは、これを陶器と勘違いしたようだが、そうではない。硯《すずり》や」

「硯……」

「書を書くときに、墨を磨《す》るやつやがな」

「へえ……そうですか。たしかに皿にしちゃ重いけれど、白っぽいから、てっきり皿かと思いました……だったら落としても割れねえよなあ……」

「いや、物によってはすぐ割れまっせ。硯てのは、それに相応《ふさわ》しい岩から、限られたものしか採れないから貴重なんや。しかし、これは硯は硯やけど、円面硯といって、奈良の都の治世に、下級役人が使っていたものやと思われる」

「奈良の都……」

「しかし、これはまだ未使用のもの……いや使うために作られたのではなく、飾るための硯やったかもしれんな」

「飾るため……ですか……」

よく分からないと首を傾げた広吉だが、綸太郎は当然のように言った。

「箸でも皿でも、いや刀剣や槍などの武具でも、織物であっても、使うために作るとは限らない。たとえば、神殿に飾る剣なんかは、人や物を斬るためには作らんな。皿や徳利《とっくり》だってそうやろ」

「へ、へえ……難しいことは分かんねえけど」

「この硯は、どこでどうして、萬兵衛さんとやらの手に入ったのかは知らんが、一度、話を聞いてみたいものや」

「若旦那。俺はそんな話、どうでもいいから、十両。今すぐ、くれませんか?」

「今すぐ……」

「ダメですか。俺が貰ったんですから、俺のもんでしょ?」

「それは構わんが、買い手があって売り手が儲かる。もしかしたら、十両が二十両、五十両になるかもしれないから、しばらく俺が預かっても構わないか」

「ええ……？」

驚きと不満が入り混じった声を洩らした広吉に、綸太郎は篤と話した。

「ええか？　もしかしたら贓物《ぞうぶつ》、つまり盗まれたものかもしれん。おまえが知らぬことでも、万が一、そうならば、お上から、ややこしいことを訊かれることになる」

「…………」

「預かり証を書いてやるから、しばらく俺に調べさせてくれ。じっくりと見てみたいのや。それくらいの逸品だと言ってもいい」

「若旦那がそこまで言うのなら……」

広吉が渋々、納得したのを見て、綸太郎は、

「ちょいと、こっちへ来なさい」

と裏手に誘った。水桶があるのだが、その中に、綸太郎は皿のような硯を、そっと沈めてみせた。

すると——どうであろう。

水の中で、じわじわと白っぽい硯は、黄色みを帯びて、やがて満月のように鮮

やかな橙《だいだい》色になってきた。そして、水面が揺れているせいか、本当の月のような影がうっすらと浮かんできて、餅をつく兎《うさぎ》のような紋様までが現れた。

「こ……これは……!?」

驚いて見ていた広吉の顔に、なんとも言えぬ穏やかな笑みが広がって、不思議そうに見入った。

「なんだか、これ……懐かしい感じがしてきた……」

食い入るように見続ける広吉に、綸太郎は穏やかに言った。

「円面硯は、こうして水に沈めて楽しむためのものだった……のかもしれんな。面白いもので、この国ではそうやって花鳥風月を楽しむ……小さな金魚を飼う鉢の中も、本当の川底に似せたりするし、なんでもない布きれを、壁に垂らして森の中のように見せたりな……」

「ああ、そうだ……思い出した……」

ふいに広吉が目を向けて、

「若旦那……俺、よく同じ夢を見るんですよ。俺は奈良の都の外れに住む樵で……」

と文左にした話をし、その夢の続きのことも伝えた。

「俺の花嫁が盗賊に連れ去られるんだけれど、荒野の中を、ずっと探し廻るんです。そしたら、その花嫁……名前は忘れたけれど、その娘は俺の知らない間に、誰か宮中の偉い人のお嫁さんになってるんです」

「花嫁を盗まれたのか？」

綸太郎は夢の話ではあるが、ごく自然に聞いていた。

「ええ。野盗から、どうやって偉い人の嫁さんになったかは知らないけれど、その人は、俺のことを忘れたのかどうなのか……何年か経って、死んだと風の噂に聞いたんだ」

「死んだ……」

「病気なのか、殺されたのか……分からない。けれど、とにかく花嫁……愛良……そうだ、愛良とかいう娘でね、死んでしまったのを聞いて、俺も後を追って……」

「ほう。随分と切ない夢を見るのだな」

「ええ。俺ア胸がはち切れそうになって、目が覚めるんだ……そのとき、必ずこの水の中にある月が見える……雨の中でも、なぜか月が輝いてる……そんな夢を繰り返しね……」

「…………」

「それだけじゃないんだ。どこかで、笛か何かが聞こえている中で、やはり月を見てる夢とか……なんだか分からないけれど、戦国の世のような戦の中で、殺される夢とか……いつも怖くて目が覚めるけどよ」

「ふむ。夢ってな面白いな……けれど、夢じゃないかもしれんな」

「え？　夢じゃない……」

「たとえば、この水の中の硯だ……俺たちの目の前では、白っぽかったが見てのとおり、まさに月の色になってる。どっちが、本当なのかな？」

そう言って、綸太郎は手を入れて、水面を揺らした。当然、まん丸の月がぐにゃぐにゃに揺れて姿を消したが、波が収まると、少しずつ形を整えてくる。

「これは水桶の中だが、もし湖の底にあったら、どうだ？　手を伸ばしても届かぬ。取ろうとして、水に手を突っ込むたびに、揺れて消えて……見えなくなる」

「…………」

「手を出さなければ、いつまでも見える月なんだ……夢とはそんなものかもしれぬ……だが、水底に皿があるのは事実だ……けれど、取ることは叶わない……不思議だとは思わないかい？」

「なんだか、禅問答みたいだなあ……」

「まさに、そのとおり。湖の底に、月があるのかないのか……それは人の心が決めるのかもしれないし……人智では及ばぬ何かが、見せてくれてるのかもしれない」

綸太郎が切々と言うと、広吉は夢を見て目覚めたときのように、キュッと胸が締めつけられる思いになって、水の中の月をいつまでも眺めていた。

三

竹藪の中から流れてくる笹の音とともに、龍笛《りゅうてき》の音色が漂《ただよ》っていた。さる貴人に、長年仕えた、吉乃《よしの》という女御の庵である。

その昔、貴族が使う横笛を龍笛と呼び、神楽笛や田楽笛などができたという。武士が使う能管は、わざと音程を狂わせたりして、独特の味わいを出しているが、龍笛はまさに〝龍吟〟なのであろう、力強く荘厳な響きであった。

ここは京、仁和寺《にんなじ》の南にある双《ならび》が岡《おか》で、吉田兼好《よしだけんこう》が無常所として決めていた所である。無常所とは墓所のことで、吉田兼好とは縁の深い法金剛院《ほうこんごういん》や長泉寺《ちょうせんじ》がすぐ近くにある。つい先年、吉田兼好は亡くなって、願いどおりに、この地で眠ることになった。

吉田兼好とは、二、三度しか会ったことがないが、同じこの地で、吉乃は目出《めで》度《た》く傘寿《さんじゅ》を迎えた。

しかし、この三月《みつき》ばかりは急に体がやせ衰《おとろ》え、食べ物もろくに喉を通らなくなった。目も不自由になって、あまりよく見えない。薬師《くすし》などは、もう寿命であることを察しているのか、毎日のように容態を診ながらも、いつ極楽浄土に逝ってもよいようにと、近親者には覚悟するよう伝えていた。

ほとんどを寝床で過ごしている吉乃だが、元気な頃は、ここから洛中にまで出かけるほどの健脚ぶりを見せていた。しかし、突然、意識が朦朧《もうろう》となるようになったのは、長寿のためであった。もし今、亡くなったとしても、大往生であろう。

生涯、伴侶を持つことはなかったが、女御として真面目に務め通し、自分を看取ってくれる若い侍女たちがいることを、吉乃は心の中で喜んでいた。

「ほんに美しい寝姿ですこと……」

八十の老女とは思えないほど、艶《つや》やかで綺麗な髪をしており、品のある端整な顔だちも、まるで人形のようであった。

一日中、うつらうつらしているかと思ったら、突如、ゆっくりと起き上がって、昔話をしてみたり、生まれた実家のことを思い出したりしていた。

竹藪の中にある離れには、吉乃が床に就くと龍笛を吹く楽師がいて、雅《みやび》ではあるが、独特の力強い音を出す。そうすると、吉乃は穏やかな表情になって、すうっと眠りに入ることができるのだ。

――龍笛を聞きながら、あの世に逝きたい。

というのが、吉乃が日頃から言っていることで、周りで仕える者たちは、そのささやかな願いを叶えさせたいと思っていた。

生涯独り身であることは、どうだったのであろう。寂しかったのか。それとも奉公した公家の御妃とは相性が良かったので、安穏と悔いのない人生であったと感じているのか。ただ、何ひとつ文句も言わずに、この年まで過ごしたことそのものが、幸福だったと言えよう。

「でもね……吉乃様は時々、こんな話をされてましたよ」

別室に集まっていた小袖袴の侍女のひとり、泰葉《やすは》がこう言った。

「遠い昔、昔のことです……平城京の外れにおいて、吉乃様は百姓娘だったのですが、野盗に攫われたことがあるそうです……ええ、前世がその百姓娘で、愛良とかいう名だったと言ってました」

「愛良……これまた良き名前でございますこと」

もうひとりの侍女、初羽《うい》が微笑んだ。ふたりとも丸顔で、身につけている衣装も緩やかで、態度も穏やかであった。

「でも、吉乃様が、その愛良とやらの生まれ変わりだなんて……」

「ご当人がそうおっしゃってます。信じられないことではありますが、吉乃様のお話は面白くて、ついつい聞いてしまいます」

「そうでございますね。で、攫われて、どうなったのです」

「野盗は、その愛良が美しい娘だったので、時の帝に仕える誰かに、金で譲ったそうです。随身《ずいじん》という警固をする者がいるのですが、その者たちを通して、愛良はさる公家の女房にさせられたのですね」

「へえ。それは、よいことではないですか」

「どうしてです。好きな人と晴れて夫婦になれるという祝言の宴の宵祭りに、花嫁が攫われてしまったのですよ」

「それでも、野盗に辱《はずかし》められて、女郎のように打ち捨てられるよりはマシかと」

初羽の思いは分かるが、何度も同じ話を繰り返し聞かされた泰葉としては、吉乃の切ない気持ちが痛いほど伝わっていた。とても事実とは思えないが、まったくの出鱈目《でたらめ》とも感じないのが不思議だったと、泰葉は続けた。

「お公家様はとても良い人であったらしいです。けれど、愛良としては、どうしても夫になるはずだった人……たしか紹安とかいう樵だったとかで……その人の元に帰りたいと、毎日、泣いていたそうです。紹安の方も、自分を探しているに違いないと」

「……その人は探していたのですか」

「分かりません。いくら奈良の都で指折りの樵で、東大寺の柱の木を伐採した人だといっても、禁裏に入ることはできないでしょうし、そもそも、お公家様が、野盗から愛良を買ったとも思っていないでしょう」

「では、生涯、ふたりは会えず仕舞いだったのですね」

「ええ……というよりも、愛良という娘は、たとえ心優しいお公家様であっても、生涯を添い遂げると誓った紹安を失った限りは、もう生きていたくはないと思って……」

「思って……？」

「自刃したそうでございますよ」

泰葉の話に、初羽は衝撃を受けたように、目を見開いた。

「そんな……」

「ですから、紹安の方がどうなったのかは分からないそうです……他の誰かを嫁に貰ったのか、それとも、あの後、野盗と戦って死んでしまったのかも……」

そんな話をしていたとき、何処からともなく赤ん坊の泣き声が聞こえた。龍笛はもうやんでおり、この庵の塀の外から聞こえる。ギャアギャアとあまりにも激しい泣き声に、泰葉も初羽も思わず立ち上がった。

「一体、何事でございましょう」

「ええ。乳を飲みたいのでしょうか、それにしてもまるで火が付いたように……」

そんな言葉を交わしていると、寝室の吉乃が目を覚まして、起き上がろうとしている。どうやら、吉乃の耳にも赤子の声が響いたのであろうか、すぐさま、

「ここへ連れてきなさい」

と命じた。それを受けた泰葉は驚いて、

「え、ここへですか」

「さあ。早《はよ》う。あんな悲しい声で泣いているのに、おまえたちは何とも思わぬのか」

吉乃の顔が、いつになく険しくなった。もうすぐ命が絶えるかもしれない老女には見えないくらい、力強い表情だった。

泰葉と初羽が玄関から出ると、丁度、門前を赤ん坊を背負った娘が通りかかった。

泣いていたのは、この赤ん坊だった。生後もう七、八カ月であろうか。近くに住む竹細工職人夫婦の子で、背負っているのは、赤ん坊の姉だという。

事情を話して、庵の中に入るように言うと、娘は素直に従った。この庵の主は、吉乃という女御だと知っていたからである。

庵の寝室まで連れてくると、吉乃が声をかけた。

「――ああ……可哀想にねえ……」

すると、それまで大泣きしていた赤ん坊が、突然、ピタリと泣きやんだ。赤ん坊ながら、高貴な人に仕えていた女御だと感じたのであろうか、じっとつぶらな瞳を吉乃の方に向けている。

泰葉たちが手を貸して床に降ろすと、赤ん坊はハイハイをして、吉乃の方へ行き始めた。一目散に、まるで母親の所へ行くように、両手と両足をバタバタさせて、懸命に近づいていった。

そして、吉乃の膝の上に乗りかかった。しぜんに吉乃は抱え上げようとするが、目はよく見えないし、腕も枯れ木のように細くなっているので思うようにならない。すぐに、泰葉と初羽が介助すると、

「うばうば……あわあわ……ううあぁ」

と言葉にならない声で、赤ん坊は吉乃に抱きついた。吉乃の方もしっかりと、赤ん坊の温もりを確かめるように両手で抱えて、胸に押し当てると、

「ああ、そう……そうなの……良い子だねえ……ええ、良い子だねえ……」

あやしながら、力の限り抱きしめた。

「……そうかい……分かるよ……ええ、よく分かりますとも……」

吉乃は赤ん坊をぎゅっと抱きしめながら、大きな涙の粒をポツンと落とした。その滴《しずく》は赤ん坊の頬の上に流れ、まるでその子が泣いているようにも見えた。

「ええ、ええ……聞きましたか、泰葉に初羽……この子が……この子こそが、紹安なんですよ……そう……ずっと私を探してくれてたのですか……ええ、私もず

っとずっと……ああ、そうだったの……それはそれは、大変でございましたねえ……聞いたかえ、泰葉、初羽……この子こそが、紹安……再びこの世で巡り会ったんだよう……ああ嬉しや、嬉しや……」

などと吉乃は朦朧とした意識の中で、訳の分からないことを呟き始めた。

どれほどであろうか――。

吉乃は長い間、赤ん坊に添い寝でもするように横になっていたが、そのまま静かに、幸せそうな笑みを浮かべ、満足そうに息を引き取るのであった。

だが、その途端、赤ん坊はまた堰《せき》を切ったように泣き出して、母親が乳を与えても収まらない。何日も何日も、涙が涸《か》れ果て、声が掠《かす》れて出なくなるまで泣き続け、満月の夜になって、ようやく静かになった。

四

「何をぼんやり見ているのだね」

背中から声がかかった。

若い娘が振り返ると、そこには父親らしき中年の男が、急須や茶碗を載せた盆を手にして立っている。京橋は『藤屋』という呉服問屋の主人で、髷には白いものが混じっており、小肥《こぶと》りな体つきと丸い顔が、人の良さを物語っていた。

「そんな所にいると、また風邪《かぜ》を引くぞ、おけい」

「ええ……でも、お父っつぁん……あまりにも退屈過ぎます」

寂しそうに微笑む若い娘の前に、父親の光右衛門《こうえもん》が座った。

その窓の外は裏庭を見下ろせるようになっていて、柿の木が一本だけ立っている。丁度、熟している柿の実がひとつだけあって、秋が深まった風情を彩っている。さらに、その向こうには日本橋川があって、真夏になれば隅田川から江戸湾に出てくる屋形船が眺められ、打ち上げ花火も仰ぎ見ることができた。

茶を淹《い》れて、娘の前に湯飲みを置いた光右衛門は、

「ずっと家にいさせるのは可哀想だが、外に出てまた風邪を引いたりしたら、それこそ肺が痛んで、喘息が酷くなるからな」

「――お父っつぁん……」

「なんだい」

「私はいつまで生きてられるんです？」

「バカなことを言うものじゃない。ずっとずっと先まで大丈夫だよ」

「いいえ。私はね……あの熟し柿が落ちたら死ぬのではと思っているんです」

「よしなさい、バカバカしい。おまえは幼い頃から、そんなことばかり言ってい
る。病は気からというではないか。そりゃ、おっ母さんは可哀想に早くに亡くし
てしまったが、おまえは違うよ、おけい」

死ぬという言葉を忌み嫌うように、光右衛門は強い口調で言った。

「たしかに、おまえは肺病を患《わずら》ったが、お医者様も必ずよくなると言ってる。

もしダメなのならば、こんな所には住まわせておけず、養生所の囲いの中に
……」

「いいのよ、お父っつぁん。慰《なぐさ》めてくれなくても」

「おいおい何を……」

「それに、私は死ぬのは怖くないんです」

「…………」

「また会えず仕舞いだなあって、そんなふうなことを思うと、やるせなくて」

「会えず仕舞い……？」

何を言っているのだという顔になる光右衛門に、おけいは静かに言った。

「ええ、ですから、もう一度、生まれ変われば、私たち、また会えると思ってる

から、それでいいんです」

「私たち……？」

おけいは窓の外を眺めながら頷いて、

「女御をしていたあのときは、せっかく巡り会えたのに、私は八十のお婆ちゃん……そして、紹安はまだ這《は》うことしかできない、小さな赤ん坊……」

「……………？」

「でも、ほんの少しでも、この世で会えたのだからいいのだけれど、そのすれ違いはあんまりだと思いました……でも、その赤ん坊は、長じて、坊さんになり、一生、私の菩提を弔《とむら》ってくれたとか……後から来た侍女たちに聞いたんですよ」

「な、何の話をしてるんだ。おけい」

頭がおかしくなったのではないかと、心配したような顔で、光右衛門は自分の娘をしみじみと見つめた。

「――いでや、この世に生まれては、願はしかるべき事こそ多かめれ。御門の御位はいともかしこし。竹の園生《そのふ》の末葉《すえば》まで、人間の種ならぬぞやんごとなき。一の人の御有様はさらなり……」

「おけい……」

「徒然草《つれづれぐさ》ですよ。吉田兼好の……その後に、『人には木の端のやうに思はるるよ』と、清少納言《せいしようなごん》の言葉を引き合いに出して、どんな家柄や身分も何の値打ちもないと言ってるけど……私もそう思います。本当に好きな人と会えなければ、世の中に生きている意味すらありませんからね」

「まだ若いのに……これから幾らでも、いい人は現れるよ」

「いいえ。その後、戦国の世で会ったときも、うまくいかず、私たちは離ればなれになってしまったんですから」

「――また変なことを……『伊勢屋《いせや》』の手代の菊蔵《きくぞう》さんも言ってたが、おまえはあれこれ考え過ぎるから、疲れてしまうのだよ」

「あの人は嫌いです」

「まあ、そう言うな。菊蔵さんは、なかなか真面目でいい若者だぞ。おまえをぜひ嫁にしたいと言ってる」

『伊勢屋』とは同じ京橋にある履き物問屋で、呉服問屋の『藤屋』とは縁があった。先方の主人もお墨付きを与えるほどの働き者だから、光右衛門としては、いずれ婿に貰って跡取りにしようかと考えていた。

だが、おけいはまだ十六である。病がちであるし、人の嫁になって苦労したくないと、自分から言っていた。

「とにかく、おけい……悪いように考えるのはよしなさい。あの柿が落ちようが盗まれようが、おまえが死ぬことはないよ」

念を押して言ったとき、階下から番頭が上がってきて、来客だと伝えた。

店に出てみると、訪ねてきていたのは、綸太郎であった。お互いに面識はないので、名乗ると、

「ああ、これは『咲花堂』さん……噂には聞いております」

と、すぐに光右衛門は相好を崩した。

「京橋まではるばる、どのような御用向きでございましょう」

「実は、この皿……いや、円《まる》い硯のことで」

綸太郎が差し出した円面硯を見るなり、光右衛門はすぐに分かった。

「これは、親父の……」

「はい。神楽坂でご隠居をなさってます、お父様の萬兵衛さんが、ある〝とっかえべえ〟に譲ったものでして……飴玉、二、三個と交換するものじゃありません」

「親父が、飴玉と……!?」

相当の値打ちものであることは、光右衛門も承知しているらしく、驚きを隠せなかった。書画骨董を道楽としている父親のことを、近頃は少し惚けてきたかと感じていたが、このような優れものを、二束三文で処分するほど耄碌《もうろく》したのかと、光右衛門は俄に心配になってきた。

「ですから、私も、萬兵衛さんにお返しにいって、事情を聞いたのですが、たしかにあまり要領を得ません。ですから、おたくに返しておいた方がよいと思いましてね」

「そうでしたか……では、他にも？」

「たまたま、うちに持ち込まれたのは、この硯だけでしたが、少し調べてみると、どうやら、値打ちものなのに、塵芥《ちりあくた》同然にあちこちに分けている節があります」

「困ったもんだな……」

「ですから、様子を見てあげたら、如何でしょうかね」

綸太郎が言うと、光右衛門は丁寧に頭を下げて、

「ご親切にありがとうございました。この円い硯は、何処で手に入れたか私は知りませんが、親父が結構、気に入っていたものなので、少々、吃驚しておりま

す」

「でしょうね……では、私はこれで」

綸太郎が立ち去ろうとしたとき、いつのまに階段を降りてきていたのか、奥に繋がる暖簾の向こうから、

「お父っつぁん、ちょっと」

と、おけいが声をかけてきた。

何処か切羽詰まった顔のおけいを、綸太郎は首を傾げて見ていた。光右衛門がすぐにおけいに近づき、何やら呟くと、また綸太郎の所に戻ってきて、

「失礼致しました……」

と深々と礼をしてから、幾ばくか礼金を払うと言い出した。

「いえ。そういうつもりではありませんので……」

「この円い硯は、水に沈めると月のように輝くとか……親父がそうしているのを、おけいが見たことがあると……」

光右衛門は振り返って、暖簾のところのおけいを見た。

小さく頷いたおけいは、

「――大き海の、水底《みなそこ》深く、思ひつつ、裳引《もび》き平《なら》しし、菅原《すがはら》の里……」

と消え入るような声で歌った。

大きな海の底のように心の奥深く、あなたのことを思いながら、裳《も》の裾を引きずって道が平らになるほど、何度も往き来する女の恨み心を、石川郎女《いしかわのいらつめ》が詠じた歌である。

「まだ若い娘なのに、そんなことばかり言いましてな……水底に沈んで光る月と自分の気持ちを重ねたんでしょうが……この子は本当にこういうことばかり……」

言い訳がましく光右衛門は苦笑したが、綸太郎はそういう年頃であろうと感じ、むしろおけいに共感を覚えた。

そのとき、表通りから、

「ええ、〝とっかえべえ〟……鉄屑い、屑う。釘に古鉄《ふるかね》、古煙管、鋸《のこぎり》に鍋薬缶、鉄屑はないかあ、屑う。〝とっかえべえ〟だよう……ええ、〝とっかえべえ〟屑薬缶……」

と朗々と語るような声が聞こえてきた。

ほんの一瞬、おけいの目が輝いた。

「――おや……？」

綸太郎はおけいのその表情を見逃さなかった。〃とっかえべえ〃の声は広吉のものであると綸太郎は気づいて、

「この硯は、あの〃とっかえべえ〃が持ってきたものなんですよ」

と綸太郎が言うと、さらにおけいは目を輝かせて、病人のように伏せていたのが嘘のように軽やかな足取りで下駄を履き、表に出ようとした。ところが、暖簾を分けて入ってきたのは、菊蔵であった。履き物問屋『伊勢屋』の手代である。

「どうしたね、おけいさん?」

「あ、いえ……今、〃とっかえべえ〃が……」

「それが何か?」

「前にも来たことがあるので、ちょいと顔を見たくて」

「すれ違ったばかりだが、薄汚い若造だ。そうだね、歳は丁度、おけいさんくらいか。でも、それが、どうかしたのかね」

「いえ……何でもありません……」

おけいは下駄を脱いで、そのまま二階へ上がろうとしたが、菊蔵が止めた。

「なあ、おけいさん……旦那様も聞いて下さいまし。『伊勢屋』の主人にも重々、話してきたことですが、どうか、おけいさんをこの私に下さいませんでしょう

か」

　菊蔵はいきなりではあるが、意を決したように懸命に訴えた。

「前々から申していたように、私にはどうしても、おけいさんが必要なんです……いや、病がちなおけいさんのために、私が何とか役に立ちたいのです」

「ええ、それはもう……願ったり叶ったりですよ」

　光右衛門も真剣に聞いている。

「たしかに、私はまだ手代の身……半人前ですが、おけいさんを思う気持ちは、海より深いと思っております。ですから、どうか、よろしくお願い致します」

と菊蔵は深々と頭を下げたが、おけいは暗い顔つきになって、逃げるように二階に駆け上がるのであった。

　そのとき、おけいがほんの一瞬だけ見せた、嫌悪するような表情を、綸太郎は忘れられなかった。大人しくて何の穢《けが》れもない娘であるのに、どこか妙に世間ずれしているようにも見えた。

五

その夜は、蒼《あお》い月が出ていた。

くっきりと杵《きね》をつく兎の紋様も浮かんで見えた。

暖簾を下げようとした美津に、ふいに「夜分に失礼致します」と声をかけてくる娘がいた。振り返ると、おけいである。だが、美津はまだ知る由もない。

「ここは『咲花堂』さんですよね」

「はいそうですよ」

「綸太郎様はいらっしゃいますか？　あ、私は……」

京橋の呉服問屋『藤屋』の娘だと名乗ってから、神楽坂上で隠居している祖父の萬兵衛に会ってきたことを告げた。

「あの円面硯というのを、綸太郎さんが鑑定して下さったそうですが、そのことでちょっとお訊きしたいことがありまして……」

「そうですか……綸太郎は今、出かけておりますが……でも、あれは、おたくへ持っていったのではありませんか」

美津が訝しげに訊き返すと、おけいは素直に答えた。

「はい。実は……祖父とその硯を飴玉と交換したという〝とっかえべえ〟のことを知りたくて参りました」

「ああ……広吉さんのことかね」

「ひ、広吉さんって、いうのですか、そのお方は」

「お方ってほどじゃありませんがね。そうですね、あなたと同い年くらいだけど、その子がどうかしたのですか」

「何処に住んでいるか分かりますか」

「さあねえ……神田、お茶《ちゃ》の水《みず》、湯島《ゆしま》、上野《うえの》から根津《ねづ》の辺りをうろついてるようだけど、よく知りませんねえ。薄汚いし、何処かで野宿してるとも聞いたことがあるけれど」

「野宿……」

「元々、捨て子らしいからね。ああ、〝とっかえべえ〟の親方なら、湯島天神下の『ふくろう長屋』にいるはずですよ。名はたしか……福助《ふくすけ》さんだったかねえ」

美津が言い終わらないうちに、おけいは駆け出すように坂を下っていった。

「まったく、なんだろうねえ……」

暖簾を下げた美津だが、特に気にすることはなかった。

急ぎ足で来たせいか、おけいは持病の喘息で苦しくなった。何度も足を止めては息を大きく吸い、咳払《せきばら》いをしながら、湯島天神下の『ふくろう長屋』に着いたときには、顔は青ざめて、意識も朦朧としていた。

「ごめん下さい……」

と福助の部屋を訪ねた途端、その場にドタンと倒れるほどであった。

すぐさま同じ長屋のかみさん連中が、町医者を呼んできて、様子を診て貰ったりしているうちに、すっかり夜も更けてしまった。

目を覚ましたおけいは、一瞬、ここが何処か分からなかった。薄汚れた節穴だらけの天井を見上げながら、

「とうとう……あの世に来てしまったんでしょうか……」

ポツリと呟くおけいに、顔を覗き込んでいた福助が声をかけた。〝とっかえべえ〟の親方だというから、もっと怖い顔かと思ったら、饅頭《まんじゅう》のように丸々として人の良さそうな面立ちだった。

「大丈夫かね、娘さん。一体、何処のお嬢さんかね」

「……………」

「なんだか、上擦った声を洩らしていたけれども、何があったんだね」

「あっ……」

ハタと気づいたおけいは、体中に力を入れて起き上がると、〝とっかえべえ〟の広吉に会いにきたと伝えた。

「広吉……しばらく、うちには姿を現してねえがなあ……どんな用事だい」

「その、用事ってほどじゃないのですが、どんなお方なのか一度、会ってみたくて」

「――変な娘さんだねえ。あんな小汚くて柄の悪い奴に会ってどうするんだ。娘さんが相手にするような輩じゃねえよ」

「そうなのですか？」

「ああ。しかし、なんだって、こんな所まで……家まで送ってってやるから、何処の娘さんだい」

京橋の呉服問屋『藤屋』の娘だと分かると、福助は驚いて、そんな大店の娘が家出なんかしてはダメだと説教をした。家出をしたわけではないが、〝とっかえべえ〟に会いたいなどと言い募《つの》る娘の真摯《しんし》な姿を、福助は気味悪く感じるほどだった。

その帰り道――。

神田佐久間町《さくまちょう》の木戸を抜けたあたりで、

「おけいさん！　何処へ行ってたんだね、心配してたよ！」

と声をかけられた。相手は、菊蔵であった。本当に気が気でない様子で、一緒にいた福助をチラリと睨んで、

「おまえさん、誰だね。余所《よそ》の年端もいかない娘を、こんな遅くまで連れ廻して」

険悪な口ぶりで言った。

「なんでえ、その言い草は。こちとら、娘さんが倒れたのを面倒見た挙げ句、こうして送ってきてやったんじゃねえか」

「だったら、もう必要ない。とっとと帰ってくれ」

乱暴な態度で言う菊蔵に、福助は何か言い返そうと思ったが、ぐっと堪《こら》えて、

「おけいさんとやら、この人は知り合いなのかい？」

「…………」

「知らないのかい」

「――あまりよく、知りません……どうか、うちまで送ってって下さい」

子猫のように震える声で、おけいは答えた。その意外な態度に、菊蔵の方が戸惑い、

「それはないでしょう、おけいさん。こうして、ずっと探してたんだよ。親父さんも心配している。だから、私もこうして店の者たちを狩り出して……」

「嫌です。あなたとは一緒にいたくありません。だって……」

「どうしたんです、おけいさん」

菊蔵が手を差し伸べると、おけいは怯えたように逃げ出した。すぐに追いかけようとした菊蔵の腕を、福助がサッと摑んだ。

「何をするんだッ」

「おまえこそ、なんなんだ」

「許嫁だ。放せ」

「嘘をつくな。許嫁だったら、あんな態度を取るもんかい」

「本当だ……お、俺は、『伊勢屋』の手代、き、菊蔵」

「でたらめを！　犬の糞《ふん》と『伊勢屋』はどこにでもあらあなッ」

福助はさらにぐっと力を込めた。意外な力強さに、菊蔵は狼狽したが思い切り突き飛ばそうとした。だが、簡単に投げ飛ばされて、したたか地面に背中を打っ

た。

「あ、うう……」

菊蔵が悶絶している間に、福助はおけいを追いかけたが、もう何処かに姿を消しており、辺りを見廻したが、どこにもいなかった。

「――なんだ、いってえ……」

なんとも割り切れない不思議な気分に、福助は囚われていた。

その翌日、『ふくろう長屋』にいきなり、数人のならず者が踏み込んできて、福助に殴る蹴るの乱暴をしでかした。

相手は手に棍棒や竹の棒を持っており、頭を打たれた福助は、その腕っ節をしても、多勢に無勢で打ち倒されてしまった。みるみるうちに顔は腫《は》れ上がり、体のあちこちが傷だらけで血が滲《にじ》んでいた。

たまさか訪ねてきた広吉は、吃驚して福助の怪我の具合を見ながら、

「どうしたんだい、親方……誰が、こんな目に……」

「知るけえ。どうせ、おまえが何かやらかしたんじゃねえのかッ」

「え？　何のことだい」

「ゆうべ、おまえに会いたいなんぞと訪ねてきた娘っ子の面倒を見たから、こう

なっちまったんだろうよ……イテテ」

きのうの菊蔵という男が、誰かならず者を雇って、仕返ししにきたに違いないと、福助は思っていた。

事情をあらまし聞いた広吉は、憤懣《ふんまん》やるかたない顔になって、一目散に『伊勢屋』に向かった。京橋の履き物問屋ならば、場所は分かっていた。日本橋や京橋は本来の〝シマ〟ではないが、掘り出し物があるから時々、〝出向いていたのだ。

濃紺の地に白抜きの暖簾をくぐるなり、広吉は上がり框《かまち》に足をかけ、

「やいやい！　どういう了見でえ！」

と大声を張り上げた。

主人と番頭以外に、手代が数人いたが、童顔の割に体の大きな若造にみな驚いた。

「菊蔵って奴はどいつでえ。顔を見せな、おら！」

まるで一端《いっぱし》のならず者みたいな態度だが、折良く外から帰ってきた菊蔵が、

「私ですが、何用ですかな……あ、もしかして、おまえさんは〝とっかえべえ〟の……うちにも何度か来たことがありますねえ」

と声をかけた。

「てめえ……なんで、俺の親方を、あんな目に遭わせたんだ」

「はて、なんのことです？」

「惚けるな。てめえが投げ飛ばされた仕返しに、袋叩きにしただろうが」

「いいえ。知りません」

思わず胸ぐらに摑みかかった広吉は、菊蔵の顔に唾《つば》を吐きかけて怒鳴った。

「福助親方は俺の命の恩人なんだ。小さい頃、親に捨てられた俺を、一人前の〝とっかえべえ〟にしてくれた」

「は、放して下さいな」

「うるせえ！　大事な親方をあんな半殺しの目に遭わせやがって、許せねえ！」

カッとなると感情を抑えきれない気質なのであろうか、広吉は菊蔵の顔面に殴りかかろうとした。

「知らないと言ってるでしょ！」

菊蔵はキッパリと言って広吉を押しやり、店先で戸惑いながら覗いていた光右衛門とおけいを招き入れた。祝言の段取りなどを、『伊勢屋』の主人と話し合わせるために、ふたりを連れてきていたのだった。

「誰だか知りませんが、妙な言いがかりをつけると、町方の旦那を呼ばなければなりませんよ。すぐそこは自身番ですしね」

そう言いながらも、すでに騒ぎに気づいて誰かが呼んでいたのか、長崎千恵蔵と七五郎がぶらりときて、十手で暖簾を分けながら店内の様子を見ている。同心や岡っ引が大嫌いな広吉は、思わず目を伏せたが、その態度が余計に長崎の鼻先を刺激したのか、

「おまえの顔はよく知ってるぞ、〝とっかえべえ〟の広吉だな」

「……だから、なんでえ」

「〝とっかえべえ〟は仮の姿。あちこち町の中を歩きながら、掘り出し物はねえか、探してるんだろう」

「それが商売だからね」

「意味が違うぜ、小僧……おまえがやってるのは、金目の物がないか探して、それを盗んで金に換えてるってことだ」

「！………」

「盗んだものを『咲花堂』みたいな所に持ち込んで金にしたら、すぐに御用だぜ。若旦那は人がいいから、さりげなく返したようだが……このことを福助親方が知ったら、どう思うかねえ」

「………」

「てめえがやらかしたことを、人のせいにするんじゃねえぞ」

「俺は何もしてねえ。こいつがッ——」

と菊蔵を指したが、傍《かたわ》らで凝視しているおけいの瞳を見て、広吉は急に喉元が締めつけられたようになった。

「あ、あんたは……たしか柿の木のある商家の……」

二階の窓から時々、外を眺めている娘だと、広吉は思った。なぜだか分からないが、その場に居ても立ってもいられない気持ちになり、店から飛び出していった。

「あっ……」

小さな声を洩らして、思わず広吉を目で追ったおけいに、

「気にすることはないよ。あんな輩はよくいる。大店に言いがかりをつけにきて、幾ばくか金をせしめようって奴がね」

「………」

「さあさあ、光右衛門さん、上がって下さい。主人とじっくりとご相談なすって下さいまし。宜しくお願いします」

主人や番頭がいるにも拘わらず、その場を仕切るような態度の菊蔵は、なぜか自信に満ち溢れていた。

後ろを振り返りながら、『伊勢屋』から逃げるように駆けてきた広吉は、路地に飛び込むと町方同心が追ってこないか、こっそり覗き見ていた。

その肩をズンと摑まれて、路地の奥に引きずり込まれた。

「な、なんでえ……」

声を発しないうちに、ボカボカ殴る蹴るされて、あっという間に地面に叩きつけられた。溝の縁で打った広吉の額《ひたい》は、みるみるうちに腫れ上がり、口の中を切って血が滲み出た。

「おい、〝とっかえべえ〟……これ以上、色目使うと怪我じゃ済まさねえぞ」

ならず者たちが数人、寄ってたかって広吉を引っぱり上げて殴りながら、

「おけいさんは、菊蔵さんの許嫁なんだ。てめえなんかの相手なんぞ、しねえんだよ」

「なんのことだ……」

広吉は、おけいという娘のことなどは知らない。

「惚けるな。今し方、『伊勢屋』でも色目を使ったじゃねえかッ。おけいさんは、

おまえを探しに、〝とっかえべえ〟の親方の所まで行ったらしいが、どうせ、おまえが唆《そそのか》したんだろうが、ええ!」

何の話か本当に分からない。だが、広吉はボカボカ殴られながら、先刻、チラリと見たばかりの娘の顔を思い出していた。

「う、うう……」

殴られるたびに、その顔が脳裡に深く刻まれていったが、打ち所が悪かったのか、そのまま失神してしまった。

六

深く深く、海の底に沈んでいっていた。

必死に抗《あらが》うが息が苦しく、藻掻《もが》けば藻掻くほど水底に吸い込まれるようだった。身に纏っている鎧兜《よろいかぶと》が重くて、体も思うように動かすことができないのだ。

それでも必死に水を掻き分けて、海面から顔を出すと、突然、ワアッワアッと激しい怒声が耳をつんざいた。無音だった水中から、猛然と湧き起こった轟音《ごうおん》の嵐に、若武者は思わず目を見張った。霧がかかっていたが、周辺の様子が、少しずつ分かってきた。

戦乱の世である。

辺りを見廻すと、巨大な安宅船《あたけぶね》や早船《はやぶね》などが海面を埋め尽くすほどあって、ドンドンと大筒や鉄砲などの発する爆音や矢がヒュンヒュン飛来する音が交錯して、若武者の頭上を掠《かす》めていた。

「敵の船団は八百を超えるッ。このままでは全滅じゃ！」

「さよう。敵の船は大きな安宅船ばかりで、味方は関船《せきぶね》と小早船ばかり、兵数や武器弾薬も到底、及ばぬ。死ぬ覚悟で、戦え！」

「えいえい、おう！」

などの声が聞こえるが、若武者には一体、ここが何処で、何故、この場にいるかも分からなかった。頭の打ち所が悪くて、兜も激しく振動しており、目の前で繰り広げられている状況が、よく分からなかった。

「おお！　うおおおお！」

雄叫《おたけ》びが、あちこちで湧き起こった。

中天の月が妙に蒼いが、薄暗い海原の中から見上げていると、やけに遠く見える。

　無数の船の帆《ほ》や幟《のぼり》もバタバタと風にはためき、生き物のように揺れており、轟音となって広がってきた。船団は、若武者の周りを取り囲むように近づいてきて、聳《そび》える偉容に身震いした。そして、大きな波飛沫《なみしぶき》が容赦なく襲いかかってくる。

「――そうか……俺は……芸州厳島《げいしゆういつくしま》の戦いにて、陶晴賢《すえはるかた》の武将として、毛利元就《もうりもとなり》の軍勢と戦っているのだった……」

　数の上では、陶軍が勝っているはずだが、毛利軍は、村上《むらかみ》水軍に応援を頼み、激しい海戦となっていたのだ。前夜の暴風雨によって、島内には多くの船や軍兵が集まっていたがために、却って大混乱となった。

　そのため、脱出するのに船の奪い合いなどが生じて、戦自体よりも、逃亡することで混乱が混乱を呼び、島から逃れた陶晴賢も、外海を制圧していた村上水軍によって絶体絶命の状況になっていた。何としても、総大将を救出しようと思っていた若武者だが、状況はさらに悪化して、陶晴賢は自刃したのだった。

「――ダメだ……もう、このまま海の底に沈むしかないのか……」

　海水を飲むと、若武者はずぶずぶと溺《おぼ》れていくのだった。そのとき、

「諦めなさるなッ」

と声があって、近くを通りかかった小舟から櫂《かい》が差し出された。必死に摑みかかったが、遠くに霞《かす》んで見える海上には、敵軍はまだ無数にいるようだった。

「これは助かるまい……決して、生きては帰れまい……」

口の中で呟いた若武者に、小舟から何人もの兵士の手が伸びてきて、「えいやあ、そりゃあ」と掛け声を上げながら、必死に若武者を引き上げた。

――ぶわっ……。

飲んでいた水を吐き出して、若武者は失われつつあった意識を取り戻した。まさに九死に一生を得たのである。だが、若武者は、総大将の陶晴賢が自刃して果てたと聞いてから、もはや戦う意味はないと、その場に崩れてしまった。

「大将！　しっかりして下され！　他の方々もまだ諦めずに戦《たたこ》うております。大将が陶家を守らなくてどうするのです。宿敵毛利を倒し、豊後《ぶんご》の大友《おおとも》氏と組めば捲土重来《けんどちょうらい》、総大将もまた浮かばれましょうぞ！」

家来たちに鼓舞されたものの、若武者は周辺を見廻して、敵軍がじわじわと押し寄せてくるのを感じ取ると、

「いや……無用の死はならぬ……俺はここにて、殿の後を追うが、おまえたちは

生き延びて国元に帰り、恙《つつが》なく暮らせ」

そう言うなり、自らは太刀を抜き放った。

だが、そのとき、敵船から向けられていた大筒がドカドカン！　と火を吹いた。轟音とともに発砲された弾丸は、若武者の船の近くに落ち、海面から大きな水飛沫が上がり、船体を激しく揺さぶった。

まるで枯れ葉のような小舟から、陶軍の兵たちも気合いや怒声を発しながら、弓や弾丸を放って敵船に向かって反撃を始めた。だが、蟷螂《とうろう》の斧《おの》に過ぎぬ。

その様子を船上から見ていた若武者は、四方から攻められてくるのを目の当りにして、家来たちを逃がすこともできぬと覚悟をするしかなかった、

すっと船首に立ち上がった若武者は、これが最期と覚悟を決めたのか、厳しい顔になって、軍配団扇《うちわ》を思い切り振った。そして、大小の船の群が入り混じって戦っている海域に向かって、漕《こ》ぎ出したのである。

敵の砲弾は、櫓《ろ》の漕ぎ手を打ち抜き、若武者の家来たちは次々と倒れて海中に転落し、小舟も破損して横揺れが激しくなった。そこへ敵兵の矢が次々と飛来し、若武者を海面から助け上げた家来たちは、悉《ことごと》く討死した。

中天の蒼月だけは、無慈悲に何事もないような穏やかな光を放っている。

暗い海面にキラキラと光の帯が広がっているのを眺めながら、

「もはや、これまで……」

と若武者が感じ入ったときである。背後から、飛来した矢が、グサッと首根っこに突き刺さった。丁度、兜と鎧の間の隙間を狙ったかのように、見事に命中した。

不思議と痛みはない。そのまま、前のめりに崩れて、ドボンと再び海へ落ちた。

海面の波の間から、月光が差し込んでくる。

空の月が、自分が沈みゆく海底に、そのまま円く映っている。

そういえば、遠い昔、どこかの湖の底に映る月を見たことがある。そんな気がしてきた。湖底にも極楽浄土があるのか。あるとしたら、そこは竜宮城のように美しいところか。血を流す戦もなく、人と恨みあう諍《いさか》いもなく、平穏な国があるのだろうかと考えた。

――我が恋は三島《みしま》の浦《うら》のうつせ貝　むなしくなりて名をぞわづらふ。

鶴姫《つるひめ》の辞世の句である。鶴姫とは、大山祇《おおやまつみ》神社の神職の娘で、兄ふたりとともに、周防大内氏と戦った挙げ句、恋人の越智安成《おちやすなり》を追うように、海中で死んだ女武将である。その鶴姫が、同じ海の底に眠っているのかと思うと、若武者は見たこともない鶴姫のことが、急に愛おしくなってきた。

沈みゆく若武者の体を、海上から突き入れられた槍がグサリと突いた。まるで、鮫《さめ》でも狙い定めた銛《もり》のようだった。

若武者は月光に照らされながら広がる血を眺めて、ぶくぶくと息を吐ききった。

遠くなる意識の中で、誰かは分からぬが女の声が聞こえた。

「とうとう私の所へ来てくれるのですね、紹安……」

「もしや、愛良……」

「そうよ。でも、私の方が十年も先に生まれてて、戦乱の世だから、きっと近くにいたのに分からず、また先に死んでしまった」

「――鶴姫が、愛良だったのか……」

「安成様が、紹安ではないと分かっていたけれど、そうなるしかなかったんです……今度、生まれてくるときは、戦がなく平和であるときがいい……」

じわじわと海中に重く沈んでいく中で、若武者は幻聴かもしれぬが、愛良の声を聞いていた。またしても、うまく巡り会うことができなかったが、海の底で永遠に一緒にいられるかもしれないと思うと、苦しさも消えていくようであった。

海面には、無数の船底が見えて、その隙間から月光が射し込んでいる。

若武者は静かに目を閉じて、闇の広がる海底に、ゆっくり沈んでいくのであった。

七

「おい。しっかりしろ。大丈夫かッ」

という声に目覚めた広吉は、喉が締めつけられていたような苦しさから、俄に解放された。大きく息を吸って、ふうっと溜息をついて、辺りを見廻すと、綸太郎や美津、文左などが顔を揃えていた。

傍らには、町方同心の長崎や岡っ引の七五郎も控えていた。

「あ……俺は……」

呆然と見やる広吉に、綸太郎が優しく声をかけた。

「随分とうなされてましたよ。かなり酷い夢でも見てたんですかねえ」

「――夢……」

「ええ。苦しそうでしたよ」

「ああ……合戦があって、やられちまって、海の底に沈んでいく夢でした……いつぞや、若旦那が見せてくれた、あの水の中の月のように、綺麗な海で……苦しかったけれど、なぜだか心地よくて、水面の月光を気分良く見上げていたような……」

広吉は喉元をさすりながら、ふいに天井を見上げた。

「湖底の月のことやな。ええ、おまえさんが持ち込んだ硯は、そういう名がついてたらしいです。だから、そんな夢を見たのかもしれませんなあ」

「──若旦那……」

広吉はキチンと座り直すと、真剣なまなざしで綸太郎を見つめた。

顔は殴られて傷だらけ、瞼《まぶた》も腫れて目が見えないほどだった。それでも、広吉はまだ半ば夢見心地のように、

「人は何度も生き返る……輪廻《りんね》するってことは、本当にあるんでしょうか」

なんだ？　という顔を、長崎や七五郎は向けたが、文左はポンと胸を叩いて、

「そりゃ、あるさ。俺は紀国屋文左衛門の生まれ変わりで、そのうち日の本一の大商人になることになってんだ」

と言うと美津も同じように笑って、

「私だってそうですよ、ええ。前世は、推古《すいこ》天皇だったんどすえ」

茶化すように見えたが、広吉はいたって真剣な表情で、

「俺はね、若旦那……この前、水の中の月を見せて貰ってから、なんだか胸の中がザワザワしているんだよ」

「そりゃ、ザワザワするだろうよ。人の物をかっぱらって銭に換えてたんだからな」

横合いから七五郎が口を挟んだが、綸太郎は静かに聞いてやってくれと言った。これまでしてきた悪さも、正直に話すかもしれない。そして、心を入れ替えて、もう少しまっとうな生き方を見つけるかもしれないからだ。

「嘘じゃないんだ。俺は……紹安って樵だったんだが、愛良って嫁になるはずの女を、野盗に連れ去られてしまって……その後、誰か高貴な女御と出会ったんだが、相手は死にかかっていて、こっちはまだ赤ん坊で……それから、鶴姫とは同じ時代に生まれたはずなんだが、戦乱の世でうまく巡り会えず……」

そこまで広吉が言ったとき、文左が額に手を当てて、

「おまえ、やっぱり殴られて、頭がおかしくなったんだ。医者に診て貰った方が

いいな。間違いない。俺、いい奴、知ってるぜ」

とまた茶々を入れたが、美津がポンと突き放して、

「広吉さん。あんたは正しいことを言ってるかもしれないねえ」

同情した目で言った。

「その奇妙で不思議な夢……同じ夢を、『藤屋』のおけいちゃんも見たと話してたのや。なにね、一度、うちに来て、広吉さん、あんたのことを訊いてきてな、福助さんのことを教えたのは私やから、ちょいと気になって、『藤屋』まで、綸太郎と一緒に訪ねたのや」

「──おけい……」

「そや。あまり人には会いたがらなかったけれど、広吉さんに会わせてあげると言ったら、訥々と話したのや……そしたら、綸太郎に話していた、あんたの夢と、同じものを、おけいちゃんも見ていたとか」

「俺と同じ夢……」

「〝とっかえべえ〟のあんたが、店の前を通るたびに、なんや気になってたそうや。さもありなん……あんたが紹安で、おけいちゃんが愛良やないかと」

美津にそう言われると、広吉は体全体がぶるぶると震えてきた。

「ひとつ年上の女房は金の草鞋《わらじ》を履いてでも探せ――そう言うけどな、おけいちゃん、丁度、あんたより、ひとつ上や」

「………」

「もしかしたら、一番大事にせなあかん人かもしれへん。おけいちゃんの方も、ずっと待っていたのかもしれんな」

広吉はふいに、『藤屋』の裏庭に柿の木があったことを思い出して、

「あの熟した柿は、まだあるのかな」

「え……？」

「次々と落ちていくたびに、俺、なんとなく悲しかったんだ……遠い昔、愛良と出会ったとき、柿の実をもぎ取って、ふたりで食べた思い出もある……」

と言っていた広吉は、アッと突然、立ち上がるや、何も言わずに『咲花堂』から飛び出していった。

「おいこら、逃げるか」

長崎と七五郎はすぐさま追いかけたが、綸太郎には、広吉の行く先が分かっていた。

その頃、『藤屋』では、結納の儀式の準備が整えられていた。

あまりにも急なことだが、おけいが菊蔵との祝言を渋っているので、半ば強引に、『伊勢屋』と『藤屋』の家同士の縁談にしてしまったのだ。

それには深い訳がある。

たしかに、『藤屋』は呉服問屋として老舗《しにせ》ではあるが、台所は火の車だった。隠居した萬兵衛が、書画骨董には目がなくて、気に入ったものを見つけるや、金に糸目を付けずに買い続けていたからだ。

光右衛門は病がちな娘を抱えながら、店の規模を小さくして、なんとか持ちこたえていたが、どうしても借金の返済だけは残ってしまった。父親が買いそろえた書画骨董も、多くは処分したものの、買ったほどの値打ちはなかったからである。

窮状を知った『伊勢屋』の主人は、履き物問屋とはいえ、大奥はもとより、多くの大名家との取り引きがある御用商人であるから、救いの手を差し伸べたのだ。

手代の菊蔵は目端の利く男だから、いずれは暖簾分けをしようと思っていたが、それならば、いっそのこと一旦『伊勢屋』の養子にして、それから『藤屋』

の婿にする。そして、思う存分、呉服商人として手腕を発揮していけばよいと、光右衛門は考えていたのだ。

祝言は、お披露目という形式的なもので、実際は結納が大切だった。

当時は、親が決めた婿を貰うのが当然であるから、おけいは孝行の道理からいっても、逆らうことはできなかった。

「何を辛気臭い顔をしてるのです、おけい……菊蔵さんの何が気に入らんのだ」

普段は優しい光右衛門だが、さすがに我が子の我が儘に苛々が募っていた。

「――菊蔵さんが嫌いというわけではありません……」

おけいは、真向かいにいる羽織姿の菊蔵を見やった。

「だったら、どうして……」

問い返す光右衛門に、おけいは軽く頭を下げてから、

「他に結ばれたい人がいるからです」

「それはならん」

キッパリと光右衛門は言った。しかし、おけいは抗うでなく、淡々と答えた。

「叶わないならば、死んでもいいんです」

「バカなことを……」

「せっかく、この世で、再び会えた人と一緒になれないくらいなら、もう一度、いつか何処かで、巡り会うまで……」

やはり心を病んでいる女にしか見えない。しかし、菊蔵は優しく気遣って、必ず幸せにしてみせる、そしたら、自分こそが再び巡り会えた男だと分かると、丁寧に話して聞かせた。

「いいえ……あなたではありません」

「………」

「あなたは、この店の身代が欲しいだけ。『藤屋』の暖簾を使って、商売をしたいだけです。だから、相手は私でなくてもいいのです。どうぞ、お好きにして下さい。お父っつぁん……この人を養子にして、私をどこぞに捨て置いて下さって結構ですから」

「無茶なことを言うな。これ以上、私を困らせないでおくれ」

光右衛門が責めるように言ったとき、おけいはアッと声を上げて、窓辺に行った。

眼下にある柿の木を眺めて、

「――ほら……実が落ちた……此度も叶わなかった……」

と、おけいは呟いた。

呆れ果てた光右衛門が、さっさと結納を交わして、形だけでも整えようとしたとき、突然、怒声を上げながら、店の者たちを押しやって、二階の座敷に駆け上ってきたのは――広吉だった。

「なんだ、また、おまえかッ」

思わず立ち上がって摑みかかろうとしたが、後から登ってきた長崎が、

「おい。手を出すと、おまえさんも手が後ろに廻るぜ、菊蔵さんよ」

「え……？」

「おまえが金で雇ったゴロツキが、広吉や福助をいたぶったのは、すでに調べ済みだ。何でも力ずくってのは、よくないぜ」

「！…………」

バツが悪そうに座った菊蔵を横目に、広吉はおけいに近づきながら、

「――会いたかったぞ……愛良……」

「やはり、あなたが紹安だったのね……」

「そうだよ。同じ夢を見てた。長い長い夢だった……」

「はい……何百年も待ちました……私、この日を、ずっとずっと……」

待ち続けていたという言葉は声にならなかった。

ふたりの頭の中では、これまでの夢の中のことが、一瞬のうちに現れて過ぎたに違いない。お互いの目を見つめながら、いつまでも、佇んでいた。

その後――。

水の中で輝く硯は、もはや不要になったと、綸太郎が買い取り、他の萬兵衛の書画骨董も引き取り、『藤屋』の当面の危難はなくなった。菊蔵との縁談も御破算となり、おけいと広吉は仲睦《なかむつ》まじく暮らしていくであろうことは、誰の目にも明らかだった。

改めて、ふたりは神楽坂『咲花堂』まで添い遂げると言いにきた。おけいはすっかり病が治ったように見えた。そんなふたりのことを見送って、

「おしどり夫婦っていうけれど、あのふたりのことを言うのかねえ」

美津は羨ましそうに、綸太郎に語った。

「あたしの三人の亭主は、きっと前世からの契りがなかったんだろうねえ」

「赤い糸なんざ、ブチッと鋏《はさみ》で切りそうだがな、姉貴なら」

「あんたはどうなのや。そろそろ嫁を貰わないことには、ずっと神楽坂にいますよ」

「それは、かなわんなあ……いや、姉貴がいるから、気立てのよい娘も近づいてきにくいのやろ。そろそろ京に帰っておくれやす」

綸太郎は美津を外に出したまま、扉を中から閉めた。

「おい、これ、何をしますのや、綸太郎！」

大騒ぎを始めた美津の声が、秋風がそよぐ神楽坂で、一際、風情をぶちこわすように響き渡っていた。

紅葉が真っ赤な盛りの江戸の空であった。

一〇〇字書評

切り取り線

購買動機（新聞、雑誌名を記入するか、あるいは○をつけてください）

□（　　　　　）の広告を見て	
□（　　　　　）の書評を見て	
□ 知人のすすめで	□ タイトルに惹かれて
□ カバーが良かったから	□ 内容が面白そうだから
□ 好きな作家だから	□ 好きな分野の本だから

・最近、最も感銘を受けた作品名をお書き下さい

・あなたのお好きな作家名をお書き下さい

・その他、ご要望がありましたらお書き下さい

住所	〒				
氏名		職業		年齢	
Eメール	※携帯には配信できません	新刊情報等のメール配信を 希望する・しない			

この本の感想を、編集部までお寄せいただけたらありがたく存じます。今後の企画の参考にさせていただきます。Eメールでも結構です。

いただいた「一〇〇字書評」は、新聞・雑誌等に紹介させていただくことがあります。その場合はお礼として特製図書カードを差し上げます。

前ページの原稿用紙に書評をお書きの上、切り取り、左記までお送り下さい。宛先の住所は不要です。

なお、ご記入いただいたお名前、ご住所等は、書評紹介の事前了解、謝礼のお届けのためだけに利用し、そのほかの目的のために利用することはありません。

〒一〇一-八七〇一
祥伝社文庫編集長　坂口芳和
電話　〇三（三二六五）二〇八〇

祥伝社ホームページの「ブックレビュー」からも、書き込めます。

http://www.shodensha.co.jp/bookreview/

祥伝社文庫

湖底《こてい》の月《つき》　新《しん》・神楽坂咲花堂《かぐらざかさくはなどう》

平成27年 12 月20日　初版第1刷発行

著　者　井川香四郎《いかわこうしろう》

発行者　竹内和芳

発行所　祥伝社《しょうでんしゃ》

東京都千代田区神田神保町 3-3
〒101-8701
電話　03（3265）2081（販売部）
電話　03（3265）2080（編集部）
電話　03（3265）3622（業務部）
http://www.shodensha.co.jp/

印刷所　萩原印刷
製本所　積信堂
カバーフォーマットデザイン　中原達治

Printed in Japan ©2015, Koushirou Ikawa　ISBN978-4-396-34169-5 C0193

祥伝社文庫の好評既刊

井川香四郎
秘する花
刀剣目利き 神楽坂咲花堂①
神楽坂の三日月での女の死。刀剣鑑定師・上条《かみじよう》綸太郎は女の死に疑念を抱く。その鋭い目が真贋を見抜く！

井川香四郎
御赦免花《ごしやめんか》
刀剣目利き 神楽坂咲花堂②
咲花堂に盗賊が。同夜、豪商も襲い主人や手代ら八名を惨殺。同一犯なのか？ 綸太郎は違和感を……。

井川香四郎
百鬼の涙
刀剣目利き 神楽坂咲花堂③
大店《おおだな》の子が神隠しに遭う事件が続出するなか、妖怪図を飾ると子供が帰ってくるという噂が。いったいなぜ？

井川香四郎
未練坂
刀剣目利き 神楽坂咲花堂④
剣を極めた老武士の奇妙な行動。綸太郎は、そこに十五年前の悲劇の真相が隠されているのを知る。

井川香四郎
恋芽《めぶ》吹き
刀剣目利き 神楽坂咲花堂⑤
咲花堂に持ち込まれた童女の絵。元の持主を探す綸太郎を尾行する浪人の影。やがてその侍が殺されて……。

井川香四郎
あわせ鏡
刀剣目利き 神楽坂咲花堂⑥
出会い頭に女とぶつかり、瀬戸《せと》黒《ぐろ》の名器を割ってしまった咲花堂の番頭・峰《みね》吉《きち》。それから不思議な因縁が……。

祥伝社文庫の好評既刊

井川香四郎　**千年の桜**　刀剣目利き 神楽坂咲花堂⑦

笛の音に導かれて咲花堂を訪れた娘はある若者と出会った。人の世のはかなさと宿縁を描く、綸太郎事件帖。

井川香四郎　**閻魔の刀**　刀剣目利き 神楽坂咲花堂⑧

「法で裁けぬ者は閻魔が裁く」――閻魔裁きの正体、そして綸太郎に突きつけられる血の因縁とは？

井川香四郎　**写し絵**　刀剣目利き 神楽坂咲花堂⑨

名品の壺に、なぜ偽の鑑定書が？　綸太郎は、事件の裏に香取《かとり》藩の重大な機密が隠されていることを見抜く！

井川香四郎　**鬼神の一刀**　刀剣目利き 神楽坂咲花堂⑩

辻斬りの得物は上条家三種の神器の一つ、〝宝刀・小烏丸《こがらすまる》〟では？　綸太郎と老中・松平定信《さだのぶ》の攻防の行方は……。

井川香四郎　**取替屋《とりかえや》**　新・神楽坂咲花堂

お宝を贋物《にせもの》にすり替える盗人が跋扈《ばっこ》する中、江戸にあの男が舞い戻ってきた！綸太郎は心の真贋まで見抜けるのか!?

井川香四郎　**てっぺん**　幕末繁盛記

持ち物はでっかい心だけ。四国の銅山からやってきた鉄次郎《てつじろう》が、幕末の大坂で〝商いの道〟を究める!?